[新装版]嫌われ松子の一生(上)

山田宗樹

JN068542

幻冬舎文庫

［新装版］　嫌われ松子の一生　（上）

目次

平成十三年七月十一日付けの新聞記事より

足立区日ノ出町のアパートに女性の死体

十日午前九時頃、東京都足立区日ノ出町のアパート、ひかり荘一〇四号室で、ドアが開いていて異臭がするとの連絡を受けたアパート管理人が、部屋に入ったところ中年女性の死体を発見したと、警察に通報があった。死亡していたのは、この部屋に一人で住んでいた五十三歳の女性と見られる。女性の着衣に乱れはなかったが、全身に激しい暴行を受けた痕《あと》があり、また解剖の結果、死因が内臓破裂による失血死であることが判明したことなどから、警察では殺人事件と断定し、捜査を開始した。

第一章　骨

1

ドアの覗《のぞ》き穴から、目を離した。

居間に向かい、押し殺した声で、

「服を着ろ」

「誰なの？」

「いいから」

俺は、自分の服装を確認した。下は短パン、上はマリリン・モンローのTシャツ。おかしなところはない、と思う。

またチャイムが鳴る。居留守を使うことも考えたが、そこまで親不孝になりきれない。

チャイムが続いた。

俺は観念して、チェーンを外し、アパートのドアを開けた。最初に目に入ったのは、浅黒い額《ひたい》を流れる汗だった。その汗を拭《ぬぐ》おうともしないのは、白い布に包まれた箱を、両腕で抱えているからだ。

俺は声もなく、その男を見つめた。最高気温三十二度の中、鼠色《ねずみいろ》の背広を着て、白い箱を持つ男。右肩には、茶色の大きなショルダーバッグ。汗が入ったのか、細く吊《つ》りあがった目を瞬《しばた》かせた。分厚い唇は昔のままだが、短く刈り上げた髪には、白いものが混じっている。身体《からだ》も一回り小さくなったような気がする。

「元気にしとったか？」

親父が、愛想のない声で言った。

「なんだよ、いきなり」

「まあ、ちょっと野暮用があったけん。笙《しょう》に頼みごともあって」

親父が、箱に目をやった。

「来るなら、電話ぐらいしろよな」

「あがってよか？　東京がこげん暑かところとは思わんかった」

俺は後ろを振り返り、

「いいんだけど……」

「なんね、はっきりせんね」

「友達が来てるんだよ」

「それなら挨拶《あいさつ》せにゃならん。ちょっとこれ」

親父が、箱を俺に押しつけた。意外に軽い。傾けた拍子に、ことり、と幽《かす》かな音がした。

「なにこれ？」

「お骨《こつ》」

親父が、革靴を脱ぎながら、答える。

「誰の？」

「儂《わし》の姉」

「てことは俺の伯母《おば》さん？　親父方の親戚《しんせき》って、久美叔母《くみおば》さんだけだと思っていたけど。あ、ちょっと待てって」

親父は答えず、俺の横をすり抜け、狭いキッチンを突き進んでいく。相変わらず人の言うことを聞かない親父だ。

「ひゃあ、涼しかねえ」

居間の入り口に立った親父が、背広を脱ぎかけて、やめた。背広を着なおす。振り向く。細い目を、まん丸に剝《む》いた。

「だから言ったろ、友達が来てるって」

俺は大股《おおまた》で、親父を追い越した。

明日香《あすか》は、白い短パンにオレンジ色のタンクトップ姿で、カーペットに正座していた。間に合ったようだ。ショーツ一枚でパイプベッドに横たわったままだったら、親父が不整脈で倒れたかも知れない。

明日香が両手を膝《ひざ》に置き、笑顔を輝かせ、

「お邪魔してます」

と頭をさげる。さげた拍子に、タンクトップの胸元が大きく開き、白い谷間が丸見えになった。

親父が、あわてた様子で、目を逸《そ》らす。

「ええと、こちらは渡辺明日香さん、大学の友達」

明日香が、眉《まゆ》をあげて、俺を見た。柔らかそうな唇が、ともだち、と動いた。

俺は、明日香に向かって首を傾《かし》げ、

「うちの親父」

明日香が、笑顔を取り繕い、

「渡辺明日香です。ふつつか者ですが、よろしくお願いします」

と、わけのわからない挨拶をする。

親父が、うなずいていいものか、迷うような素振りをしながらも、こちらこそ、と答えた。すぐさま手の甲で、俺の腕を叩く。

「いて」

「ガールフレンドが来とるなら、はっきりそう言わんね」

親父が、口をへの字に曲げた。

「お父様、冷たい飲み物でもいかがですか？」

明日香が立ちあがった。

「いや、かまわんでよかよ。そんなら、ビールがあったらもらうたい」

明日香が、ぷっと吹き出した。

親父は、なぜ笑われたのか、理解できないような顔をして、突っ立っている。

「はい、ビールですね」

明日香が、キッチンに移る。俺とすれ違うとき、愛らしい瞳で笑いかけてくれた。

俺は、親父の前に、腰をおろした。骨壺《こつつぼ》の入った箱を、そっと置く。

「立ってないで座れよ。座布団はないから」

親父が、部屋を見回しながら、あぐらをかいた。ちなみにアパートの家賃は、１Ｋで六万五千円。JR西荻窪《にしおぎくぼ》駅まで徒歩十分でこの値段なら、標準的なところだ。家賃は仕送りに頼っているが、生活費はバイトと奨学金でまかなっている。上京するときに、親と約束したのだ。


「けっこうきちんとしとる」

「いつ出てきたんだよ」

「きのう」

明日香が、缶ビールとグラスを持ってきた。グラスは一つだけ。

「あんたらは飲まんね？」

「俺たち未成年だから」

親父がうなずく。その未成年の部屋になぜビールがあるのか、という矛盾に気づいている様子は、まったくない。

「俺に頼みごとがあるとか言ってたけど」

明日香が、缶を両手で持ち、お父様どうぞ、とやった。

親父の頬《ほお》が緩んだように見えたのは、気のせいか。素直にグラスを出し、注《つ》がれるビールを見つめている。注ぎ終わると、感謝するように軽くグラスを掲げ、ぐいと飲み干した。

「うまか」

明日香が、すかさずお代わりを注ぐ。

「で、頼みごとって何だよ」

「このことたい」

親父が、骨壺に向かって、顎《あご》をしゃくる。

「あのさあ、もっとわかりやすく話せよ。親父はいつも、省略しすぎなんだよ」

「笙、お父様にそういう口の利き方はないでしょ」

明日香が、頬をふくらませた。

明日香の顔は化粧っけがなく、髪も地のままの黒いボブヘアだ。化粧を必要としないほどの美女かというとそうでもなく、肌は白いものの目は小さくて、どちらかというと純和風の地味な顔だった。ただし、機嫌よく笑ったときは、むちゃくちゃ可愛《かわい》い。

「ああ、よかよか。笙は昔からこげんばい」

親父が言うと、明日香は唇を尖《とが》らせたまま、うなずいた。

「儂の姉は、名前を松子といって、儂より二つ上やった。五十三歳になっとったはずばい。もう何年になるか、三十年くらい前に蒸発して、それっきりになっとった。それが三日前、東京の警察から電話があった。川尻松子ちゅうはお宅の身内ですかと」

「なんで警察が……」

「アパートで死んどるところを見つかったちゅうて」

俺は、ちらと骨壺に、目をやった。

「孤独死？」

「いや、殺されたらしか」

「こ、殺されたって……」

「身体中にひどい痕が残っとった。死因は内臓破裂だと」

「誰に？」

「犯人はまだ捕まっとらんち」

親父が、グラスを空けた。明日香が、一呼吸遅れて、ビールを注ぐ。

エアコンで冷えた空気が、さらに冷たくなったような気がした。

「あっ！」

明日香が声をあげた。

俺と親父は、同時に背すじを伸ばした。

「そういえば、新聞に出てましたよね。日ノ出町のアパートで、中年女性の死体が発見されたって。身体中に暴行の痕が残っていたから、殺人事件として捜査が始められたって書いてありました。もしかしてそれが……」

親父が、渋い顔をする。

「まったく、最後の最後まで、面倒ばっかりかけて」

「その、松子伯母さんて、どういう人だったんだよ。うちの親類一同で、東京に住んでいる人なんて、いないと思っていたけど」

「どうしようもなか姉やった。いや、そのことはもうよか。筆に頼みたかことちは、姉のアパートまで出向いて、引き払うための後片づけば、済ましてほしかとたい」

「後片づけ？」

「儂は明日一番で帰らななららん。どうしても仕事で抜けられん。きょうは姉を茶毘《だび》に付すのが精一杯で、アパートまでは手が回らんやった。不動産屋には話を通してあるけん」

親父が、背広のポケットを探り、四つに折ったメモ用紙を出した。

俺は、嫌そうな顔をつくって、メモを受け取った。開いて見る。ボールペンで、「ひかり荘一〇四号室」と、その住所らしき番地が殴り書きしてあった。相変わらず汚ねえ字だな、と思ったが、口にすると明日香が「筆には負けるけどね」と言うのが目に見えているので、黙っていた。メモ用紙の下端には「マエダ不動産」とやらの住所と電話番号が印刷してある。北千住《きたせんじゅ》の駅前商店街にあるらしい。ここからだと、西荻窪から総武線で秋葉原《あきはばら》に出て、山手《やまのて》線、常磐線《じょうばんせん》と乗り継がなければならない。けっこう時間もかかりそうだ。

「俺だって、そんなに暇なわけじゃないんだけどな」

「うそ。暇じゃない」

俺は横目で、明日香を睨《にら》んだ。

「だいたい松子伯母さんは、なんで蒸発したのさ。そのくらい教えてくれてもいいだろ」

「知らんでよか。川尻家の面汚《つらよご》し、それだけたい」

親父が、吐き捨てるように言った。口を真一文字に結ぶ。それきり何も言わない。

俺は、ため息をついてみせた。身体を後ろに反らし、両腕で支える。

「で、きょうの宿は?」

「……ホテルば探すばい」

「それならいいんだけど」

親父が、何か言いたそうな目で俺を見たが、俺は横を向いた。

また静かになる。

親父が、よいしょと唸《うな》って、腰をあげた。

「用件はそれだけたい。ごちそうさん」

「お父様、もう行かれるんですか」

「あんまり邪魔しても悪かろ」

「邪魔だなんて、そんなことないですよ」

親父が、俺の顔を見た。

俺は何も言わなかった。

親父が、骨壺を抱え、ドアに向かう。靴を履くとき、俺が骨壺を持った。傾けていないのに、ことり、と鳴った。

「じゃあ、元気でな。たまには電話せんね。母さんも寂しがっとる」

「ああ」

強烈な日射《ひざ》しと蟬《せみ》の声がうずまく中、親父と松子伯母の骨は、出ていった。親父の背中が、小さく見えた。振り返りそうな気配がしたので、ドアを閉めた。

振り向くと、明日香が睨んでいた。

「なんだよ」

「泊めてあげればよかったじゃない。せっかく福岡から出てきたんだから。久しぶりに一人息子と語り合いたかったと思うよ。お父さん、かわいそうだよ」

「いいんだよ。うちはいつもこうだから。親子で語り合うようなクサい習慣はないの」

「じゃあ、せめて駅まで送ってあげようよ」

「そんなことはいいからさ」

俺は、明日香の腰に左手を回した。引き寄せると同時に、右手で胸をつかむ。

「続きをやろうぜ」

明日香が、俺の両手首をきつく握り、身体から引き離した。

「そういう気分じゃない」

明日香が、背を向けて居間に入る。俺は追いかけて、後ろから抱きついた。明日香が振り返る。ぱん、と肉を打つ音。少し遅れて、左頬が熱くなった。

「いいかげんにしろ！　おっぱい揉《も》めばいつでも気持ちよくなると思ったら大間違いだぞ！」

明日香が唇を固く結び、鼻の穴を膨らませる。

俺は、目を伏せた。上目遣いに、明日香の表情をうかがう。

「ごめん。悪かったよ」

明日香が、両手を腰にあてる。

「あたしね、親を大切にしない人って嫌いなの」

「粗末に扱っているつもりはないよ」

明日香が、床に落ちていたメモを拾いあげた。抱きついたときに落としたらしい。

「とにかくね、お父さんに頼まれたことだけは、ちゃんとやりましょ。まず、ここの不動産屋に行けばいいのね」

「明日香も来んの？」

明日香がメモから顔をあげる。半目になって睨んだ。

「嫌なの？」

「嫌じゃないけど、人が殺された部屋だぜ。気持ち悪くないのかよ」

「殺されたのは、笙の伯母さんでしょ」

「会ったこともないし、そんな伯母さんがいることさえ知らなかったんだから、他人といっしょだよ」


ことり。


とつぜん耳の奥で、骨壺の音が蘇《よみがえ》った。

俺は、背中に冷気を感じて、唾《つば》を飲みこんだ。

「……いや、他人というのは言いすぎ、かな」

「あのね」

明日香が、顔を曇らせる。

「ほんと言うと、最初に新聞の記事を読んだときから、気になっていたのよ」

「なにが？」

「殺された女の人のこと。五十歳すぎて一人暮らしで、最後にこんな死に方をしなければならないなんて……。どんな人生を送ってきたんだろうって、つい考えちゃって」

心の中で、へえ、と声をあげた。明日香の新しい面を、またひとつ発見。

「なによ、その呆然《ぼうぜん》とした顔は」

「明日香さあ、新聞で殺人事件を読むたびに、そんなこと考えるわけ？」

「いつもってわけじゃないけど」

俺は笑いながら、明日香の鼻の頭を指でつついた。

「明日香はやっぱり変わってる」

明日香が、泣きだしそうな顔になった。なぜそんな顔をするのか、俺にはさっぱりわからなかった。

2

昭和四十五年　十一月

車窓から目を離し、網棚を見あげた。網を通して、旅行鞄《かばん》の底が見える。父はいつから、これを使っているのだろう。わたしが物心ついたときには、家にこれがあった。父がこの鞄をさげて家を出ると、その晩は帰ってこない。母と弟と妹だけで夕飯を食べ、風呂に入り、眠る。子供心に、そう理解していた。この鞄を持つ父を見送るときは、寂しいような、ほっとするような、妙な気持ちになったものだ。その鞄を今、大人になった自分が使っている。

天井に備え付けてある扇風機を見やった。さすがにこの季節には止まっている。蠅《はえ》が一匹、扇風機の脇を飛びすぎた。ゆっくりと飛ぶ蠅を目で追いながら、右手で下腹をさする。行儀が悪いと思ったが、こうでもしなければ、あと一時間以上ある旅程を乗り切れそうもなかった。スカートのベルトも緩めたいところだが、そこまで神経は太くない。

腕時計を見る。午後五時ちょうど。列車が停車して、一分と経《た》っていなかった。

「川尻先生は、旅行はお好きですか？」

隣席からの声に、身を固くした。

「はい。でも、あまり旅をしたことはありません。高校の修学旅行が、最後でした」

「そのときは、どちらへ？」

「京都と奈良です」

「楽しかったですか？」

実際には電車の中で吐いてしまい、それがために「ゲロ尻」という救いようのないあだ名をつけられることになったのだが、

「はい。とても」

と答えた。

「それは結構。修学旅行はまさに、女子生徒のためにあるようなものです。男子は就職してからでも、あちこちに旅行することができるでしょうが、女子は結婚して家に入ると、なかなか外には出られませんからね」

わたしは背もたれから、身体を浮かせた。

「でもこれからは、女性も社会に出ていく時代なのではないでしょうか」

田所文夫《たどころふみお》校長が、意外なものを目にした、という顔になる。

わたしは、はっとして俯《うつむ》いた。

「すみません、生意気なことを言って」

「いやいや、たしかに川尻先生のおっしゃるとおりです。どうも私の世代は、考えが古くていけない」

田所校長が、両手で背広の襟を正しながら、含み笑いをした。

田所校長のベージュの背広には、格子縞《こうしじま》が入っており、わたしの目から見ても高級品だった。ネクタイは朱色。学校ではもっと地味な色を締めているので、よそ行きなのだろう。わたしは、朱色のネクタイをしている男性を見たのは、初めてだった。

「これからは、あなたのように若くて、教育に情熱をもって取り組める人が必要になってきます。私としても、川尻先生には期待しているのですよ」

「わたしなど、学校を出たばかりの新米ですから」

わたしは、肩を縮めた。

「まあまあ、そんなに固くならないでください。ここは学校ではありません。ともに列車の旅を、楽しもうではありませんか」

田所校長が、笑みを浮かべたまま、わたしの肩に手を置く。肩から全身に、緊張の波紋が広がった。

田所校長は、丸顔に黒縁眼鏡《めがね》をかけている。頭頂部は禿《は》げあがっているが、頬には赤みがさし、肌も艶《つや》やかで、皺《しわ》も少ない。斜め上に鋭く突き出た耳たぶが、見る者に一種奇妙な印象を与えるが、顔には柔らかな笑みを絶やさず、話をするのもうまく、なるほど紳士とはこういうものか、と思わせる品格があった。

今年五十歳というから、わたしの父と同じなのだが、厳格一方で無口な父に比べて、田所校長ははるかに現代的で、洗練されている。

しかし着任一年目のわたしにとって、田所校長は同時に、近寄りがたい存在でもあった。たしかに表情は柔らかだが、ときおり目の奥に、冷たい光を感じることがある。おそらくそれが、校長の校長たる所以《ゆえん》、威厳というものだろうと、わたしは思っていた。

田所校長はいつも、職員室の奥にある校長室にこもり、頃合いを見計らったように、校内を歩いて回る。教室の窓から校長の姿が見えようものなら、胃が縮みあがってしまうほどだった。

その威厳ある田所校長と、二人きりで旅行をするのだ。緊張しないほうがおかしい。

今朝から食事が喉《のど》を通らず、列車に乗ってからは、下腹に締めつけられるような痛みまで感じ始めた。わたしは子供の時分から、極度の緊張に晒《さら》されると、お腹の調子が悪くなる質《たち》なのだ。

わたしは、気分を紛らすために、ふたたび車窓の向こうに目をやった。ホームを隔てたところに、蒸気機関車が停車していた。煙が出ておらず、出番まで待機しているところらしい。運転士の声が聞こえた。

続いて排気音。

突きあげるような振動が一つ。ヂーゼル機関の唸りが大きくなる。くろがねの雄姿が、後ろに遠ざかっていく。

「どうしたのです？」

目を戻すと、田所校長の顔が、すぐ前にあった。仁丹《じんたん》の匂いが、鼻を突く。

わたしは思わず、身を引いた。

「いえ。なんでもありません」

田所校長がまた、含み笑いをする。

徐々に列車の速度があがり、やがて巡航速度に達したのか、音が静かになった。代わりに、線路の継ぎ目を乗り越えるときの振動が、規則正しく座席を震わせた。

国鉄別府《べっぷ》駅に到着したときには、午後七時半を過ぎていた。とうに日も暮れている。

改札口を出ると、背広姿の男が近づいてきて、腰を深く折った。

「校長先生、長旅お疲れさまでございます」

さげた頭に、肌色の縦線が一本、走っていた。髪が真ん中から両側に、べったりと撫《な》でつけられているのだ。

男が顔をあげた。

男の顔は小さくて、目が離れており、前歯が出ている。頭の中に、鼠、という漢字が浮かんだ。

田所校長が、男に手荷物を任せた。

「紹介しておきます。こちら、四月に当校に赴任されてきた川尻松子先生です。国立大出身の才媛《さいえん》でしてね。いまは二年生の副担任だが、来年から三年生のクラスを受け持つことになっている。川尻先生、こちら、修学旅行のお世話をしてもらう太陽トラベルの井出君です」

「川尻です」

わたしが会釈《えしやく》すると、井出と呼ばれた男が頭をさげた。

「井出と申します。どうぞ、荷物をお持ちします」

「いえ、わたくしは結構です」

わたしは、旅行鞄を胸に抱えた。

井出が、そうですか、と引きさがる。

「車を待たせてありますから、それで参りましょう」

車は、黒塗りのハイヤーだった。わたしは先に乗せられ、隣に田所校長が乗りこんでくる。井出は助手席に乗った。

すでに行き先を告げてあるらしく、井出が運転手に、やってください、と言うと、すぐに動きだした。

「井出君のところは不況知らずだろう。修学旅行なんて、旅行社にとっては旨味《うまみ》のある代物《しろもの》に違いないのだから」

井出が、身体をひねって振り向く。

「いやいや、うちも大変ですよ。先生方のおかげで、やっと立っているようなものですから」

「まさか経費節減のために、私たちの宿を格下げしたなんてことはないだろうね」

井出が、顔の前で手を振った。

「とんでもない。去年と同じお部屋をご用意させていただいております」

「それならよかった」

「あの」

わたしは口を開いた。

「修学旅行の下見というのは、どういうことをすればよいのでしょうか。教頭先生からは、とにかく校長先生のお供をするようにと言われただけなので」

「教頭の言うとおりですよ。私といっしょに来てくれればいいのです。下見といっても、毎年来ているわけですからね。まあ、骨休めのつもりで過ごしてください」

「きょうの宿も、実際に修学旅行で使うことになるのですね」

田所校長が口を開けた。が、言葉は出てこない。

「それはですね、きょうは別の宿をご用意させていただいております」

井出が、顔をわたしに向けて言った。

「それで下見になるのですか？　宿の安全面も確認しておかなくては」

井出が、助けを求めるような視線を、田所校長に向ける。

「それは心配ないでしょう。毎年使っている旅館ですから」

田所校長が、早口に言って、顔を背けた。

では下見そのものが不要ではないか、と感じたが、口にすることは思いとどまった。


ハイヤーを降りたのは、別府の中心から外れた場所だった。浴衣《ゆかた》姿で出歩く人の姿はなく、ひっそりと静まり返っていた。

旅館は、細い路地を入ったところにあった。門に「美鈴屋《みすずや》」と書かれた提灯《ちょうちん》がさがっている。優雅な隠れ家といった趣で、田舎の中学校が修学旅行に使うような宿ではなかった。

　大人二人がやっとくぐれる門を入ると、日本庭園が広がっていた。灯籠《とうろう》や、街灯のような電灯がいくつも点《とも》っていて、昼間のように明るかった。敷き詰められた砂利に、飛び石が母屋まで連なっている。小ぶりな松が配置された空間は静寂を湛《たた》え、どこからか添水《そうず》の音が聞こえてくる。

「素敵なところでしょう」

　田所校長が、隣に立って言った。

　井出が、部屋の確認をすると言って、宿に入っていく。

　田所校長が、あの石は島を表現している云々《うんぬん》と庭の説明を始めたが、わたしにはよくわからなかった。

「最近は、設備の整った鉄筋コンクリートの旅館がはやっているようですが、情緒を楽しむには、こういう伝統ある建物のほうがいい」

　田所校長が、悦に入った顔で、庭を見渡す。

「生徒が使う旅館は、どこにあるのですか？」

「それは明日、井出君が案内してくれるでしょう」

　忙《せわ》しない足音が聞こえた。井出が、血相を変えて走ってくる。

嫌な予感がした。

「どうした井出君、そんなにあわてて」

「申し訳ありません。お部屋を二つご用意するはずが、当方の手違いで、一つしか取れておりませんで、その……」

「一つくらい空いている部屋があるでしょう」

「それが、全室ふさがっておりまして。もしよろしければ、お二人同室で……」

「失敬なっ！」

田所校長の口から、唾が飛んだ。

「川尻先生に私と同じ部屋に泊まれと言うのかね」

「いや、ただ、その部屋は特別に広く造られておりますので、襖《ふすま》を閉めれば……」

「だまらっしゃい！」

井出が、竦《すく》みあがった。前歯の出た口を開け、間の抜けた顔で、田所校長を見つめている。

「旅行会社が部屋を取り損ねるなど、なんたる不手際ですか。弁解の余地はありません。こんな調子ではもう、君のところに我が校の修学旅行を任せることは、到底できない」

田所校長が真っ赤になって吐き捨てると、井出が泣きそうな顔になった。

「校長先生、どうかそれだけは」

「あの、わたくしは、ほかの安い旅館で結構ですが……。そうです、生徒が実際に使う旅館に泊まります」

田所校長と井出が、揃《そろ》ってわたしを見た。

二人の男の視線が、一瞬、絡み合う。

井出が、顔を突き出すようにして、

「いえ、その旅館も空きはないと思います」

急に、気味が悪いほどの笑顔を見せた。

「え、ええ、そうです。それで急遽《きゅうきょ》、こちらの旅館に手配をしたのですから。なにぶん十一月は、別府でも人出が多いときなので」

「でも、さっきはたしか……」

田所校長が、唸り声をあげた。

「とにかく言語道断だ。川尻先生に私と同じ部屋に寝泊まりしろなどと、たとえ襖で仕切れるとはいえ、川尻先生は結婚前の女性だよ。そんな失礼なことができますか。冗談ではない。君の会社とは解約させてもらう。川尻先生、行きましょう。せっかくここまで来ていただいて申し訳ないが、今回の下見は中止にします。旅行先も見直したほうがよろしいようですな」

田所校長が、きびすを返した。さっさと門に向かって歩いていく。井出がわたしに、救いを求めるような視線を投げてくる。わたしがどう反応してよいものか迷っていると、井出が田所校長の行く手に回り、砂利を蹴散《けち》らして土下座した。

「どうか、それだけは。そんなことになれば、私は会社をクビになります。二歳になる子供もいるのですっ」

絞り出すように叫んだ。

「わたくしなら、かまいませんが」

わたしは言ってしまった。井出に同情したわけではなかった。旅の疲れもあって、一秒でも早く、この場を終わらせたかった。とにかく部屋にあがって、くつろぎたかったのだ。それに、外は寒い。

「しかし川尻先生……」

「襖で仕切れるのなら、部屋が別なのと同じです。一泊だけですし」

「まあ、川尻先生がそうおっしゃるのなら……井出君、そういうわけだ。川尻先生に感謝したまえ」

田所校長が、不機嫌な顔のまま、旅館に向かって歩きだした。

井出が、ほっと息を吐《つ》いて、立ちあがる。虫酸《むしず》の走るような笑顔で、わたしに頭をさげた。

旅館に入ると、和服の仲居が、愛想よく出迎えた。わたしは言われるまま、スリッパに履き替えた。

田所校長が、仲居と馴《な》れ馴《な》れしく言葉を交わしながら、廊下を先に進んでいく。わたしと井出は、その後に従う形で付いていった。

「宿のほうには、父と娘ということにしてありますので。お父様の出張に、急遽、娘さんが同行することになったと」

後ろから、井出が耳打ちした。

わたしは立ち止まって、井出を見つめた。

「まさか、校長先生と若い女性教師が同じ部屋に寝泊まりしたとなると、いろいろと……」

井出が、いやらしく笑う。

わたしは、火が点《つ》きそうなくらい井出の顔を睨んでから、顔を背けた。

仲居が、磨《す》りガラスの扉を開けた。

小さな三和土《たたき》でスリッパを脱ぎ、部屋にあがる。十五畳ほどの広さだ。部屋の中央に、炬《こ》燵《たつ》が出してある。深呼吸をすると、畳の青々とした香りが、胸に満ちた。障子は開け放たれており、立派な庭が眺められる。外で聞こえていた添水が、目の前にあった。縁側は板間になっており、テーブルと安楽椅子が並べてある。部屋の隅には、四本脚のテレビが置いてあった。カラーの三色マークが誇らしげに張ってある。床の間には、高価そうな青磁の壺《つぼ》が飾られており、その向こうに、水墨画の掛け軸がさがっていた。

襖を開けると、そこにも十畳の部屋があった。こちらにテレビはなく、押入があるばかりだ。柱は黒ずんでいて、畳もやや色落ちしている。どうやら、古い部屋に新しい部屋を継ぎ足すように増築した結果らしい。それでも仲居が、この旅館でいちばん広い部屋なのだと、胸を張った。

仲居が、どうぞごゆっくりおくつろぎください、と三つ指をついてから、引きさがった。

「じゃあ井出君はもういいよ」

田所校長が早くも、朱色のネクタイを緩めている。

井出が、ではまた明日お迎えに参ります、と何度も頭をさげながら出ていった。

「川尻先生は、奥の部屋を使ってください。まったく、こんなことになってご不満でしょうが、我慢してください」

「いえ」

「せっかくですから、浴衣に着替えてはいかがですか。温泉を楽しんでから、夕食にしましょう」

田所校長が、さっきまでの不機嫌が嘘《うそ》のように言った。

わたしは、奥の部屋に移った。襖で仕切ると、たしかに部屋としては独立していた。しかし、襖一枚を隔てた向こうに成人男性がいると思うと、やはり緊張してしまう。しかも威厳ある校長だ。わたしは、くつろぐどころではないことに、やっと気づいた。

息を吐いてから、天井からぶら下がっている電灯を消した。部屋が暗くなった。窓ぎわに立ち、外を見る。人工灯に照らされた庭園が、妙に寒々しい。隣の部屋から、田所校長の着替える気配が漏れてくる。わたしはカーテンを閉め、旅館が用意してくれた浴衣を広げた。襖の隙間《すきま》から漏れてくる細い光を頼りに、洋服を脱ぎ、浴衣に腕を通す。

光が揺れた。

はっとして、前を閉じた。

襖を見た。

田所校長が覗いているのではないか。そんな気がしたが、すぐに打ち消した。仮にも校長なのだ。そんな破廉恥《はれんち》な行為をするはずがなかった。

入浴後、部屋でともに夕食をとった。食事は、仲居が部屋まで運んでくれた。わたしの家は決して貧しくはないが、それでもこれほどのご馳走《ちそう》は、めったに口にできない。にも拘《かか》わらず、わたしは箸《はし》がすすまなかった。反対に田所校長は、さかんに舌鼓を打っている。

わたしは、田所校長と向き合うことに、疲れていた。早く解放されて、床につきたかった。慣れぬ酒を口にしたこともあり、瞼《まぶた》が重くなってくる。田所校長の口は、休むことなく動いているが、わたしの耳には何も届かない。それでも田所校長は、酒に顔を赤らめ、背中を丸めて、退屈な話を続ける。

「私は東京帝国大、いまの東大ですが、まだ学生だったときに、召集されましてね。学徒動員です。あのときは、もうこれで死ぬんだと覚悟しました。三十年近く後に、あなたのようなチャーミングな女性と、二人で食事ができるとは、夢にも思いませんでしたよ」

田所校長が、銚子《ちょうし》を持った。

「どうです。もう一杯」

「いえ、わたくしはもう……」

「そう言わずに」

「では、これで最後にして、休ませていただきます。明日もありますし」

「また、そんなつれないことを、今夜はとことん飲みましょう、ねえ、川尻先生。ところで、佐伯《さえき》先生とは仲がよろしいようですねえ」

田所校長が、さりげない口調で付け加えた。わたしは、田所校長の顔を見つめてしまった。

「まあたしかに、佐伯君はなかなかの男前だし、うら若き女性が心惹《ひ》かれるのはわかります。しかしですねえ、だからといって、学校の廊下でべたべたと」

「待ってください。わたしがいつ、佐伯先生とべたべたしたというのですか？」

眠気は吹き飛んでいた。

田所校長が、顔を顰《しか》めて、顎を引く。

「いや、私が見たわけではなく、生徒たちのあいだに、そういう噂《うわさ》が広がっているということをですね、ほかの先生方から聞いたもので、まあなにぶん、中学生ともなるとその、性にも目覚めるころですし、風紀上、好ましくない噂、それが事実でないとしてもですよ、好ましくない噂の元になるような振る舞いは、避けられたほうが賢明ではないですかね、川尻先生ご自身のためにも」

わたしは目を閉じ、懸命に呼吸を整えた。

目を開ける。田所校長の顔を見ないで、頭をちょんとさげた。

「わたくし、これで失礼します。酔ってしまったようなので」

返事を聞かずに立ちあがり、隣の部屋に移った。襖を閉め、電気を消して、布団を被った。

暗かった。

朝ではない。

息苦しさを感じる。

夢を見ているのだろうか。何かに押し潰《つぶ》される夢。必死に藻掻《もが》くけれども、どうしても逃れられない悪夢。またいつもの夢。……いや、違う。

目の端に、一条の光が入る。

そうだ。ここは旅先の宿だった。襖を隔てたところに、田所校長がいるのだ。

どうしたのだろう。身体が動かない。重いものにのしかかられているような感覚。声も出ない。

おかしい。

尋常でないことが起こっている。

浴衣のあいだから、ざらざらとした冷たいものが、滑りこんできた。胸の先端が、にぶく痛みだす。荒い息づかい。生温かく濡《ぬ》れた何かが、狂ったように首筋を這《は》っている。

隣の部屋から漏れてくる光線の中を、埃《ほこり》の粒子が舞っている。

わたしは何をしているのだろう。何をされているのだろう。頭が朦朧《もうろう》として、わからない。

胸を動き回っていた手が、腹に移った。さらに下に、と思った瞬間、下腹部に鋭い痛みが走った。呻いた。頭にかかっていた靄《もや》が晴れた。何が起こっているのか悟った。信じられなかった。

わたしは必死に、のしかかっているものを押し戻そうとした。腕に力が入らなかった。食いしばった歯の間から、声が漏れた。冷たい手で、口を塞がれた。耳元に、酒臭い息がかかった。

「悪いようにはしないから、ね」

鳥肌がたった。経験したこともないほどの怒りが、四肢に漲《みなぎ》った。わたしは醜い獣をはね除けた。その頬を張った。

田所校長の影が、動きを止めた。

コオロギの声が、外から聞こえてきた。

そして、添水の音。

わたしは、乱れた裾《すそ》を直し、前をぎゅっと閉じ、田所校長を睨みつけた。

部屋に、二人の息づかいだけが、満ちていく。

田所校長が、笑い声をあげた。

「いや、川尻先生、何を勘違いされたのですか。相当酔っておられるようですな」

わたしは、睨んだまま、黙っていた。

「私も休むことにします」

田所校長が、口元を拭いながら、立ちあがった。部屋を出て、後ろ手に襖を閉めた。

わたしは、背を丸め、乳房を抱いた。誰にも触らせたことがなかったのに。

怒りはまだ、体内を駆けめぐっている。震えが止まらない。はっと気づいた。恐る恐る、股間《こかん》に手をやる。ぬるりとした感触が、返ってきた。指を、光線に晒す。血が付いていた。

わたしは、閉められた襖に目を向けた。いま手拭いで首を絞めたら、殺せるだろうか。

殺してやる。

頭では思っても、身体は動かなかった。


一睡もできなかった。

窓が明るくなるころ、田所校長の起きあがる気配がした。わたしは襖から目を離さなかった。気配は近づいてこない。便所に行ったらしい。わたしも尿意を感じた。便所に行くには、田所校長の部屋を通らねばならない。行くなら今だ。

わたしは立ちあがり、襖を開けた。足早に部屋を横切り、三和土におりようとしたとき、磨りガラスに人影が映った。胃が跳ねあがった。わたしは一歩、後ろにさがった。それきり脚が、動かなくなった。

扉が開いた。

三和土に入ってきた田所校長が、わたしを見あげる。口を半開きにしてから、笑みを浮かべた。

「おはようございます。よく眠れましたか」

田所校長が、何事もなかったかのように声をかけ、スリッパを脱いで、部屋にあがってくる。わたしの横を通り過ぎようとして、足を止めた。

「ああ、そうだ」

わざとらしい仕草で、わたしと向き合う。

「川尻先生、昨晩のことは憶《おぼ》えておいでですか。ずいぶんと酔っておられたようですが」

「はい。よく憶えております」

反射的に返していた。

「誤解を与えるといけませんから、はっきりとさせておきたいのですが、昨晩は川尻先生が泥酔されて、歩くのもおぼつかない状況だったのですよ。それで私が手をお貸しして、隣の部屋までお連れしたのですが、そのときいきなり私に抱きついてきたのです。そのまま布団に倒れこんで放そうとしないから、私も閉口しましたよ」

わたしは言葉を失った。そしてはっきりと知った。目の前にいるのは、聖職者の長たる人物ではない。卑怯《ひきよう》で、下劣で、醜悪な、見下げ果てた男なのだ。

「校長先生、修学旅行の下見という名目で、実際に使わない宿に泊まったり、若い女性教師と同じ部屋に泊まったりして、問題はないのですか。しかも、女性教師に乱暴をしようと……」

田所校長の顔から、笑みが消えた。憮然《ぶぜん》と胸を反らす。

「いっしょの部屋にしてくれと言ったのは、川尻先生、あなたなのですよ。忘れたのですか。それに、さっきも言ったように、あれはあなたのほうから抱きついてきたのです。布団に倒れながらご自分が口走った言葉を、ほんとうに忘れてしまったのですか」

「……何と口走ったというのですか？」

声が震えた。

「口にするのも汚らわしい、卑猥《ひわい》な言葉です。とにかく、私があなたを乱暴しようとしたなどと妄想を抱かれるとは、こっちこそ迷惑千万な話だ」

「そんな……」

田所校長が、余裕の顔で、息を吐いた。

「この際だから言いますが、あなたについては芳《かんば》しからぬ噂が、いろいろとあるのですよ。佐伯君の件にしても、あなたのほうから誘惑しているという話がもっぱらです。わかりますか。もし、さっきのような妄想を話したとしても、世間は信じないでしょう。あなたの立場がなくなるだけです。自重されることですな」
わたしは、唇を嚙《か》んだ。悔しくて目を伏せた。
泣くものか。
ただそれだけを、思った。

3

翌日は気温がさがった。寒気が南下したとかで、しのぎやすくはなるものの、大気が不安定になっているので、出かけるときは傘を忘れずにと、天気予報の綺麗《きれい》なお姉さんが言っていた。今年の太平洋高気圧は、まだ強くはないのだ。

俺と明日香は、朝九時過ぎに目を覚まし、いざ日ノ出町へと向かった。最寄りの駅は北千住となる。

いつもなら、アパートから西荻窪駅まで、大学や友人の話をして、ときには笑いころげながら歩くのだが、きょうの明日香は静かだった。俺が話しかけても、生返事しかしない。俺も気分が削《そ》がれ、総武線、山手線、常磐線と乗り継ぐあいだも、めずらしく寡黙になった。

JR北千住駅東口のエスカレーターを降りると、旭町《あさひちょう》商店街は目の前だった。石畳の通りは、車がすれ違える程度の広さで、隙間なく並び立っている店舗からは、ラーメン屋、パチンコ店、喫茶店にレンタルビデオ、コンビニ、靴屋、歯科医院から美容室まで、ありとあらゆる店の看板が突き出ている。一ブロック向こうには、「学園通り」と書かれたアーチが通りをまたいでおり、備え付けられた電光掲示板が、朝日新聞ニュースを伝えていた。

脇に目を向けると、駅舎の壁際近くに木製の台が置いてあり、ビニール袋に詰めたキムチが並べてあった。値段を見ると、一袋三百五十円とある。やがて、どこからともなく白髪混じりのおばさんが現れ、台の脇に置いてある折り畳み椅子に座った。愛想笑いをするでもなく、無表情のまま通りを眺めている。

振り返ると、明日香が、さっさと先を進んでいた。俺は、後ろ髪を引かれるような思いでその場を離れ、明日香を追った。

「なあ、腹へらないか？　朝も食べてないし」

明日香の背中に、ぶつかりそうになった。明日香が急に立ち止まったのだ。

「なんだよ」

明日香が指さした先には、「ロッテリア」があった。

「なんか、味のある町だね」

フライドポテトを口にしながら、明日香が言った。目は、通りに向いている。俺はハンバーガー二つとポテトとコーラを注文したが、明日香はポテトとウーロン茶だけだった。本来なら、俺より大食いのはずだが。

時間が早いせいか、人通りは多くない。まだ開いていない店もある。荷台にビールケースを載せたトラックや、宅配便、ボディにロゴマークの入った商用車が、頻繁に通る。商売の臨戦態勢を整えているといった感じだった。通りを行き交う人も、スーツ姿の男性やキャリアウーマン風の女性から、エプロン姿のおばさん、自転車に子供を乗せた若いお母さん、コンビニの袋をさげた寝ぼけ顔の男まで、様々だった。

「世の中には、いろんな人がいるんだね」

俺は、明日香の横顔を見つめてしまった。

きょうの明日香は、おかしい。

元気がないだけではなく、ときおり思い詰めた目をする。二人のあいだの空気も、きのう親父が帰ってから、妙にぎくしゃくしている。結局昨夜は、一発もやらせてくれなかったし。

俺がハンバーガーを平らげても、明日香のポテトは半分も減っていなかった。

「食べないの?」

明日香が黙って、ポテトを差し出した。俺は受け取り、五、六本まとめて頬ばりながら、

「どうしたの、食欲ないじゃん」

「笙、よくそんなに食べられるよね。これから松子さんが亡くなった部屋に行くのに」

「腹がへっては戦ができないだろ」

明日香がまた、沈んだ顔をする。明日香にそんな表情は似合わない。俺は明日香の笑顔が

好きなのに。

「来たくなかったら、来なくたっていいんだぜ」

明日香が、俺を睨んだ。きのうから睨まれてばかりのような気がする。

「そんなこと言ってないでしょ」

明日香が席を立ち、店の出口に向かう。俺は残りのポテトを、明日香の飲み残しのウーロン茶で流しこんでから、後を追った。

マエダ不動産は、「ロッテリア」から少し歩いたところにあった。こぢんまりとした建物で、木目調のサッシ戸の入り口には、賃貸物件の紹介カードがびっしりと貼《は》ってある。カードの隙間から中を覗いたが、人影はない。

「誰もいないみたいだぞ」

自転車のブレーキ音が聞こえた。振り向くと、眼鏡をかけた中年の男が、自転車に乗ったまま、

「いらっしゃい。どんなのお探しですか？」

と愛想よく言った。半袖《はんそで》のニットシャツにグレーのズボン。髪には寝癖がついたままだ。

「あ、いや、俺たちはその……」

「マエダ不動産の方ですか？」

明日香が、落ち着いた声で応えた。

「はいはい、そうですよ。私が前田継男《つぐお》、ここの主人でございますよっと」

と調子よく答えながら、自転車を降りて、

「別名、旭町商店街のお祭り男！」

目を剝いて、歌舞伎《かぶき》の見得を切った。

俺は思わず吹き出したが、明日香はにこりともしない。

「川尻松子さんのことで伺いました。昨日、連絡があったと思いますが」

「川尻というと……あっ」

前田継男の顔から、芝居っけが消えた。俺と明日香の顔を、交互に見る。明日香の顔で、視線が止まった。

「なんだ、お客じゃねえのか」

「すみません」

明日香が、しおらしく頭をさげる。俺もあわてて頭をさげた。

「あの殺された人だよね。まあなんというか、こんなことになってご愁傷さまだね。ええと、たしか甥《おい》っ子が片づけに来るってことだったけど……」

「あ、俺」

俺は手をあげた。愛想笑いも忘れない。

「あんたは？」

前田継男の目が、明日香に戻った。

「彼の知人です。いっしょに来るように頼まれて。一人だと気味が悪いからって」

それは違う。抗議しようとしたが、

「なんだよ、あんた男だろ、一人で来るのがおっかないなんて、情けねえなあ。お嬢さんも大変だねえ、こういう彼氏を持つと」

前田継男が、腕組みをした。

「まあ、こんなところで立ち話もなんだから、店に入ってよ、ね」

前田継男が、サッシ戸を開けて中に入っていった。

俺は明日香に向かって、

「誰がいっしょに来てくれって言ったよ？」

「細かいこと気にしないの」

店に入ると、ひやりとした。エアコンがつけっぱなしになっていたようだ。前田継男がリモコンをエアコンに向けると、ピ、と音がして、風音が小さくなった。

店内は狭かった。左の壁際に沿って、灰色のスチール机が二台置かれている。手前の机には一世代前のパソコン、奥の机にはプリンターが載っていた。正面の本棚には、物件のファイルらしきものが並んでいる。その左隣の、板張りの壁に掛かっているカレンダーは二種類。一つは旭町商店街の名前の入ったもの。日付の数字とメモ欄だけの、シンプルかつ実用的なタイプだ。もう一つは、水着姿のお姉さんが海辺で寝そべっている写真付き。小さな数字が、申し訳程度に印刷されている。

「適当なところに座ってくれるか」

前田継男が、棚からファイルを取ってから、机の下に収まっていた椅子を引き出し、どんと腰を落とす。お茶が出そうな雰囲気はない。

部屋のほぼ中央に、ガラス板の小さなテーブルと、ビニール張りの丸椅子があった。

俺と明日香は、丸椅子を引いて座った。

前田継男が、ううん、と唸りながら、ファイルをめくっていく。ときおり眉間《みけん》にしわを寄せ、ファイルを遠ざけて見る。

「ああ、あった、あった。ひかり荘、川尻松子殿と……。ええと、家賃の滞納はなしだね。それと、三カ月分の敷金を預かっているんだけど、部屋の中がね、ほら……」

前田継男が、顔を顰めた。

「なんですか？」と俺。

「ああいう事件が起きちゃったからさ、いろいろあるわけよ、血の痕とか」

「ひどいのですか？」と明日香。

「まあね」

「いまも、そのまま？」

「だって、少ないとはいえ荷物もあるんだから、それを引き取ってもらってからじゃないと、畳の交換もできないだろ」

　前田継男が、唇を尖らせた。

　俺は、血に染まった畳を想像した。人ひとりが殺された凄惨《せいさん》な現場。阿鼻叫喚《あびきょうかん》の跡、まさに地獄絵図……。これからその部屋に行くのだ。俺は初めて、明日香に付いてきてもらってよかった、と思った。

「それでね、まあ敷金は、その修繕費というか、それにあててもらえるとだね、こちらとしても助かるんだけどね」

　その理屈が正当なものかどうかわからなかったが、もっともらしく聞こえたし、松子伯母のお金を自分がもらってどうする、という気もしたので、異議は唱えなかった。

「松子さん、家賃はきちんと払っていたのですか？」

「そうだね。家賃が滞って困ったたってことはないかなあ。ただね……」

「まあ、死んだ人のことを言うのもなんだけど、あんまりいい店子《たなこ》じゃなかったね。周りの住人からも、けっこう苦情が来てたし」

「苦情というと？」

「いや、一つ一つは大したことじゃあないんだ。ゴミの収集日でもないのにゴミを出すとか、変な匂いがするとか、夜中に騒がしいとか」

「夜中に騒がしい？」と俺。

「そう。なんでもね」

前田継男が、身を乗り出す。

「ときどき、ものすごい喚《わめ》き声がしたんだって。まるで誰かと怒鳴りあっているような感じなんだけど、誰かが部屋に出入りしている気配はない。一人芝居みたいな感じで、まあ、うるさいっていうより、気味が悪いって人が多くてね」

「その部屋、幽霊が出て、それを追っ払っていたとか。こんどは、松子伯母さんが出てきたりして」

俺は、気の利いたことを言ったつもりだったが、明日香は俯いてただ一言。

「馬鹿者」

「はい？」

前田継男までが、仏頂面になっている。

失言したらしい。俺は挽回《ばんかい》するために、質問した。

「伯母さんは、どんなところで働いていたんですか。ホステスとか？」

「ホステスは無理だよ。年齢もそうだけど、あの図体《ずうたい》じゃあね。デブ専の店ならオーケイかも知れないけど」

松子伯母は太っていたのか。

なぜか俺は、松子伯母に対し、痩《や》せたホステスというイメージを抱いていた。蒸発して一人上京した女、水商売、ホステス。最初の対面がお骨、痩せている。無意識のうちに、そう連想してしまったらしい。

「でもまあ、家賃は払っていたし、小金でも貯《た》めこんでいたか、どこかでパートでもしてたんじゃないかな。じゃあとりあえず、アパートに案内しようか」

前田継男が、両手を膝に突いてから、よいしょと立ちあがった。

「ところでおまえさんたち、手ぶらで来たの？」

俺は、明日香と顔を見合わせた。

「だって、後片づけするんだろ。荷造り用の紐《ひも》やゴミ袋は？」

「あ」

「あ、じゃないよ。しょうがねえな。ま、いいや。きょうはうちがサービスしとくか。香典代わりにな」

松子伯母が住んでいたひかり荘まで、歩くことになった。旭町商店街の学園通りを、駅と反対方向にひたすら進むと、T字路にぶつかる。そこを左に折れ、定食屋や不動産屋、銭湯やコインランドリーを横目に歩き続けると、住宅の立ち並ぶ一帯に出た。数分歩いたところで、車一台がやっと通れる広さの路地を入る。さらに進んでいくと、ほんとうに煙草しか売っていない「たばこ屋」が左手に現れ、その手前の角を曲がった。

曲がったところに、細い路地が延びていた。道沿いには、古い集合住宅や民家が、ひしめいている。建物と建物の隙間が、ほとんどない。路地を歩いていると、テレビの音が漏れ聞こえてくる。バラエティ番組でも見ているのだろうか。くぐもった爆笑が続いている。鰹《かつお》だしの匂いまで、漂ってきた。生活の濃厚な気配が、身体にまとわりつく。他人の家に、無断で入りこんでいるような気分になった。

「まだですか」

「もうすぐだよ」

左手に、新築中の住宅が現れた。緑色のネットが張ってあって、中は見えない。ネットには、テレビCMでよく見る住宅メーカーの名前が、誇らしく掲げてある。

その家を通り過ぎたところで、前田継男が足を止めた。

「さ、着いた」

新築住宅の隣は、黒ずんだブロック塀に挟まれた、小さな駐車場だった。旧型の白いスカイラインと、エアロパーツのごてごてと付いた赤いファミリアと、十年くらい洗車してなさそうな埃まみれのワゴン車が、並んで停《と》めてある。スカイラインの周りには、水の入ったペットボトルが、何本も置かれていた。地面は土が剝き出しだが、よく見ると、砂利石がわずかに残っている。ブロック塀の地際には雑草が茂っており、その葉は朝露に濡れていた。

「月極駐車場　無断駐車は壱萬円申し受けます」という手書きの看板がなければ、単なる空き地にしか見えない。そして、この駐車場の向こう側に、古びたアパートがひっそりと建っている。それが、ひかり荘だった。

ひかり荘は、木造モルタルの二階建てで、各階四部屋ずつ。壁もドアもくすんだベージュ色で、屋根は褐色のトタン屋根だった。二階へは錆《さび》の浮いた鉄製の階段をのぼるのだが、その角度は六十度くらいありそうで、見るからに危なっかしい。階段の上には波板の庇《ひさし》がかかっているが、ところどころに穴が開いている。「関係者以外の立ち入りを禁ず」と書かれたプラスチックプレートが、階段の上り口にぶら下がっているが、関係者でも立ち入りたくないような佇《たたず》まいだった。

「ずいぶん古そうですけど」

「そりゃあ築二十五年だからね。その代わり家賃は三万。風呂はないけど、トイレと流しが付いてこの値段なら、悪くはないよ」

背後に人の気配がした。振り向くと、痩せた若い男が、路地から駐車場に入ってくるところだった。黄色いランニングシャツにカーキ色のハーフパンツ、サンダル履き。金色の髪はパーマで固めてある。一重の目つきは鋭く、鼻の下には細い口ひげときた。これで入れ墨が彫ってあれば完璧《かんぺき》だったが、肩や腕の肌にはシミひとつなく、男にしては艶《なま》めかしいほど白かった。右手に、コンビニの白い袋をさげており、コーラのペットボトルがのぞいている。

「ああ、大倉君、ごきげんさん」

前田継男が、大きな声で言った。

大倉と呼ばれた男が、ども、と頭をさげた。しかしその視線は、明日香の身体を舐《な》めるようになぞっている。この瞬間俺は、大倉某は嫌な奴だと決めた。

「なに、ここに入るの？　この二人？」

大倉某が、歯を剝いて笑った。

「いや、こちらは、一〇四号室の川尻さんの親戚で、後片づけにみえたんだよ」

大倉某が、口を開けたまま、顔を顰めた。

「そうだよな。このボロアパートに、こんな可愛い子が住むわけないもんな」

「こちらは？」

俺は、言葉に刺《とげ》を含ませた。

「一〇三号室の大倉脩《しゅうじ》二君」

「というと、伯母さんのお隣さん」

「そういうこと」

大倉脩二が、横目で俺を見る。

「あの」

明日香が、口を開いた。

「あとで、川尻松子さんについて、お話を伺えませんか？」

「いいけど、これも来るの？」

と差した指は、俺に向いていた。

「もちろん、俺もいっしょだよ」

とたんに大倉脩二が、面白くなさそうな顔をする。

「オレだって、そんなに知らないよ。いくらお隣さんでも」

「どんなことでもいいんです。お願いします」

大倉脩二が、根負けしたように、

「わかった、わかった。じゃ、片づけが終わってから呼んでよ。きょうはずっと部屋にいるから」

俺に一瞥《いちべつ》をくれてから、離れていく。一〇三号室に消えるのを待って、俺は明日香に言った。

「なんであんな奴に話を聞くんだよ？」

「だって、生前の松子さんのこと、いろいろと知っておきたいじゃない」

「俺は興味ないよ」

「あたしはあるの」

「でもあの男に聞くことはないだろ」

「だってお隣さんよ」

「お隣だって……」

「ちょっと待った！」

前田継男が、両手で割って入ってきた。

「おまえさんたち仲悪いなあ。喧嘩《けんか》なら用事を済ませてからにしてくれよ」

前田継男が、荷造り用の紐とゴミ袋の束を、差し出した。

終わったら電話をくれ、と言葉を残し、前田継男は戻っていった。

俺は、預かった鍵で、一〇四号室の扉を開けた。板張りの扉は、陰気な軋《きし》み音とともに、驚くほど軽く開いた。部屋に閉じこめられていた空気が、ふわりと顔を包む。むっとする湿気と、黴《かび》の臭《にお》い。腐った水のような生臭さに、何かが発酵したような酸っぱい匂い。この中に、血の匂いも混じっているのだろうか。

入ったところに、半畳分の三和土があった。ゴム草履《ぞうり》と、黒ずんだスニーカーが、端に積みあげてある。スニーカーの紐はほどけて、両側に垂れていた。

俺は、靴を脱いで、あがった。

正面に、トイレらしき扉が見える。流し台は、入って右手だ。いちばん手前にガスコンロ。二つあるバーナーの周辺は、茶色い油にまみれている。フッ素加工のフライパンが、コンロと壁の間に突っこんであった。

ガスコンロの向こうには、水垢《みずあか》だらけのシンク。水道栓は一つだけ。湯は出ないのだ。水道栓の脇に立ててある洗剤容器には、薄い緑色の液体が、半分ほど残っている。シンクの底には、ぼろぼろになって干からびたスポンジと、アルミの薬缶《やかん》。薬缶の下半分は、黒く変色していた。シンク横には、赤い樹脂製の食器入れがあり、茶碗やコップ、そして使用済みの割り箸が数組、無造作に入れられている。

「おじゃましまあす」

俺は、足音を忍ばせて、前に進んだ。足を踏みこむたびに、みし、と音がする。壁を回りこむと、居間に通じる扉が、開け放たれていた。その向こうに、薄暗い空間が、揺れている。凄惨な殺人現場。死者の怨念《おんねん》が、来る者を待ち受けていて……。

「なにもたもたしてるの？」

背後から明日香の声。俺は、喉までこみあげた悲鳴を、呑《の》みこんだ。怖いなどと口にしようものなら、末代まで笑い者にされるに決まっている。

俺は、息を大きく吸って、居間に入った。


想像したような惨状はなかった。

畳に血が飛び散っているのでもなく、部屋が荒らされているわけでもない。ただ、日当たりが悪いせいか、陰鬱《いんうつ》な空気が澱《よど》んでいて、気持ちのいい部屋ではなかった。

明日香が、隣に立つ。

「松子さん、ここで最後の日々を過ごしていたのね」

遠くから、電車の音が聞こえてきた。

「始めようか。申し訳ないけど」

明日香が言った。なぜ俺に謝るのかと不思議に思ったが、すぐに、松子伯母に対して申し訳なく思っているのだと気づいた。

俺と明日香は、燃えるゴミと燃えないゴミの分別から始めた。それが一段落したところで、衣類や家具、家電類の処分を、手分けして済ませることにした。

俺はまず、押入から湿気をたっぷり含んだ布団を引っぱり出し、紐で縛りあげた。押入の中にはまだ、古びたスポーツバッグや、得体の知れない段ボール箱が残っている。スポーツバッグを手に取ると、やけに軽かった。いまどきめったに見かけない塩化ビニル製。ファスナーを開けると、果たして中身は空だった。しかしバッグを逆さにして振ると、一通の茶封筒が、ひらりと落ちた。

俺は、茶封筒を拾いあげた。封筒には何も書かれていない。封印もされていない。しかし、何か入っている。俺は、封筒の口を開け、中身をつまみ出した。

一葉の写真だった。モノクロで、端はセピア色に変色している。振り袖姿の女性が写っていた。両手を膝の上に揃えて、椅子に座っている。ちょっと斜に構えているところは、お見合い写真のようにも見える。

「綺麗な人ね」

いつのまにか横に来ていた明日香が、写真を覗きこんでいた。

「これが松子さん？」

俺は、写真を裏返した。左下に万年筆で、

『昭和四十三年一月写す、松子、成人式』

とあった。

「そうらしい」

「笙のお父さんに似てるよね。目のあたりとか」

松子伯母の目は、切れ長の奥二重で、親父と同じように吊りあがっていた。しかし、その瞳に宿る意志は、親父よりはるかに強そうだ。えらが張っているため、顔の輪郭は四角形に近いが、顎が小さく尖っているのと、首がほっそりとしているせいで、清楚《せいそ》な雰囲気を醸し出している。少なくとも二十歳のときには、痩せていたのだ。鼻は小ぶりで愛らしいくらいだが、口は不自然なほど固く結ばれている。まるで、写真に撮られることが不本意だと言わんばかりだ。修整されているのかも知れないが、肌は真珠のように滑らかだった。髪は八二に分けてあり、後ろで纏《まと》めてあるらしい。時代を感じさせる髪型だ。

この写真の女性とは、どこかで会ったことがある。記憶と呼べるほど確かなものではないが、単なる気のせいとも思えない。しかし俺が生まれたのは、松子伯母が失踪《しっそう》して約十年後。会うことはなかったはずなのだ。

俺にはもう一人、叔母がいた。久美という名のその人は病弱で、俺が五歳のときに亡くなるまで、いっしょに住んでいた。だからこの写真の女性は、久美叔母さんに似ているのかも知れない。しかし、俺の記憶にある久美叔母さんは、青白い丸顔に温厚な笑みを浮かべている、物静かな人だった。この写真から伝わってくる、我の強さはなかったし、印象も違う。それでも俺は、松子伯母の顔に、既視感を覚えている。これが血の繋《つな》がりというものだろうか。


「もてたでしょうね、男の人に」

「どうかな。気が強そうだから、意外と敬遠されたかも知れないぞ」

明日香が、写真を手にした。浮かない顔で、松子伯母と見つめ合っている。

「どうしたんだよ？」

「なんでもない」

明日香が、写真を返してから、背を向け、作業に戻った。

俺は、写真を封筒に戻した。燃えるゴミといっしょに捨てようかと思ったが、なんとなく気が咎《とが》めたので、脇に置いた。他人同然の伯母の写真を持っていてどうする、という気もしたが、捨てるには忍びない。そうだ、親父に送ってやろう、と大義名分を見つけて自分を納得させ、ふたたび押入に向かった。

残っているのは段ボール箱一つ。これも軽かった。蓋《ふた》もテープで止めてあるわけではなく、被せてあるだけだ。その蓋を開けたとき、俺は思わず、

「わお！」

と叫んだ。

「どうしたの？」

「これ」

俺は、箱に放りこまれていたものの一つを、つまんで取り出した。しわくちゃのショーツだった。明日香のより、ふたまわりくらい大きい。箱には、ブラジャーやショーツなどの下着類が詰まっていたのだ。

明日香が、駆け寄ってきた。俺の手からショーツを奪い取る。

「笙は向こうをやって。これはあたしがやる」

「なんで？」

「いくら死んだ人でも、女性は女性よ。笙に触られるの、きっと嫌がると思う。さ、向こうへ行ってて」

俺は腰をあげた。

「明日香って、変なところで律儀なんだよなあ」

明日香は答えず、松子伯母の下着類を、一枚一枚取り出し、丁寧に畳み始めた。

「どうせ捨てちゃうんだぞ。そんなにしなくても……」

「見ないでって言ってるでしょ！」

こちらを見あげる明日香の目が、赤く潤んでいた。頰も紅潮し、微《かす》かに震えている。

俺は鼻息を吐いて、明日香に背を向けた。

「んなこと言ってねえじゃん」

と愚痴ってから、自分の仕事に戻った。


作業が終わったのは、午後二時過ぎだった。携帯電話でマエダ不動産に連絡すると、五分もしないうちに、前田継男が自転車でやってきた。部屋の中を一通り点検し、残ったゴミ袋と紐を受け取り、ごくろうさん、との言葉を残して、去っていった。

俺は腹も減ってきたし、早く帰りたかったが、明日香が、

「どうしてもお隣さんに話を聞きたい」

と強硬に主張し、なんなら笙だけ先に帰れば、とまで言うので、俺としても付き合わざる

を得なくなった。あんな男と明日香を、二人きりにさせるわけにはいかない。

明日香が、大倉脩二の部屋のチャイムを押すと、待っていたかのようにヒゲ野郎が現れた。

「どうでもいいけど、あんたら仲悪いね。ここ壁が薄いから、ぜんぶ聞こえたよ」

俺は、きまり悪いことこの上なかったが、明日香はなんとも感じていないのか、

「すみません。お時間取らせて。ここでかまいませんから、お話を伺わせてください」

「君、刑事さんみたいだね。まあ、いいや。で、何が聞きたいわけ？」

「松子さんには、いろいろと良くない評判があったそうですが、ほんとうですか？」

「ああ、ほんとうだね。おたくらには悪いけど、鼻つまみ者だったね、あのおばさん。嫌われ松子って呼ぶ奴もいたな。二階の奴なんか、車に傷つけられたって言ってたし」

「車に……ですか？」

「ほら、そこのスカイライン。半年くらい前だったかな。うん、たしか去年の年末だった。石でがりがりって感じでさ、先っぽからお尻まで」

大倉脩二が、横に線を引く真似をする。

「松子さんが傷つけるところを、見た人がいたのですか？」

「目撃者はいないけどさ」

「じゃあどうして、松子さんが犯人だと？」

「だってさ……」

大倉脩二が、言いよどんだ。

「とにかく、あのおばさんが犯人だってことは間違いないんだよ。ここらの奴は、みんなそう思ってる」

「そんなの一方的です。証拠もないのに！」

明日香が顔を突き出すと、大倉脩二が目を丸くして身を引いた。

「な、なんだよ、あんた。おっかねえな」

明日香が、俯いた。すぐに顔をあげる。

「仕事は何かしていましたか？」

「いや、そこまではわからねえな。毎日、見張っているわけじゃねえから」

「話をしたことは？」

「ないない。あんな愛想のないおばさん、誰も口利いたことないんじゃないの」

「そうですか……」

明日香が、哀《かな》しそうな顔をする。

「そういや、荒川《あらかわ》の土手で何回か見かけたことがある。ぼうっとして、川を眺めてたな」

「川？」

俺は、思わず聞き返した。

大倉脩二が、おまえまだいたの、と言いたげに、俺を見る。

「荒川が近いんですか？」

「すぐそこだよ。あ、思い出した。眺めてたんじゃなくて、泣いてたんだ。涙がぼろぼろ流れてさ、いかれてんじゃねえかと思ったね。ま、もともと、いかれた雰囲気のおばさんだったからな」

「……川を見て、泣いていたのか」

「川がどうかしたの？」

明日香に答えようとしたとき、背後から足音が聞こえた。振り向くと、二人の男が、駐車場に入ってきたところだった。四十代らしき一人はくたびれたグレーのスーツ、もう一人はまだ若く、ジーンズに白い開襟シャツ、サングラスという出《い》で立ちだ。まっすぐこちらに向かってくる。

「ああ、刑事さん」

大倉脩二が言った。

「刑事……？」

俺は、目を凝らした。とくに、ジーンズにサングラスの若いほうを。こんな格好の刑事、一昔前のテレビドラマの中だけかと思っていたが、実在したのだ。

「すまないね、たびたび。お客さん？」

サングラス刑事が、軽い口調で言った。

「ちょうどよかったっすよう。この二人、殺された人の親戚だって」

刑事たちが、顔を見合わせる。

「そうなの？　弟さんは昨日、署のほうに来てたみたいだけど」

年配の刑事が、いかにもの愛想を浮かべて聞いてきた。

「あの、ほんとうに刑事さん？　とくに……」

俺は、サングラスに目をやった。レンズに、俺と明日香が映っている。

サングラス刑事が、白い歯を見せた。尻のポケットから、黒革の手帳を取り出す。中を開いて、俺の目の前に掲げた。そこには、写真と、よくわからないけど、階級が記載されていた。サングラス刑事が手帳を閉じ、ポケットにしまった。サングラスを取る。写真と同じ顔が現れた。けっこう二枚目だ。

「納得しました」

「ありがとう」

「で、被害者との関係だけど」と年配刑事。

「俺は甥です。昨日警察に行ったのは俺の親父で。それと彼女は親戚じゃなくて、俺の友達で、手伝いに来てくれたんです」

「手伝いとは？」

「きょう、伯母さんの部屋を引き払うので、その手伝いです」

年配刑事が、二度うなずいた。

「生前の被害者との交流は？」

「ぜんぜん。伯母さんがいるってことさえ知らなかったんで」

「犯人、捕まりそうなんですか？」

大倉脩二が言った。

年配刑事が、胸ポケットから写真を取り、俺たちの前に差し出す。

「ちょっと見て欲しいんだけど」

真ん中にいた明日香が、写真を受け取った。俺と大倉脩二は、仲よく覗きこむ格好になる。

一瞬、視線がぶつかった。

「この男に見覚えがないかな」

写っていたのは、中年の男だった。証明写真のようなアングルの、無表情の顔写真。目鼻のつくりがはっきりしていて、若いころはさぞや女を泣かせたと思われるが、顔全体に荒《すさ》んだ皺が刻まれており、幸せとはほど遠い人生を歩んできたように見える。未成年の俺が言うのは、おこがましい気もするが。

「いえ。見たことないです」

俺は言った。

「君は？　最近、このあたりで見かけなかった？」

年配刑事が、大倉脩二に目を向けた。

大倉脩二が、そうすねえ、と言いながら、写真に顔を近づける。明日香の身体に密着しようとする魂胆が見え見えだったので、俺は写真を明日香の手から取りあげ、大倉脩二の前に突き出してやった。大倉脩二が、舌打ちしそうな顔で俺を睨み、写真を指でつまむ。一瞥しただけで、

「見たことないっすね」

と年配刑事に返した。

「誰なんですか？」と明日香。

「十八年前まで、被害者と同棲《どうせい》していた男だ。殺人で服役して、一カ月前に小倉《こくら》刑務所を出ている」

答えたのは、サングラス刑事だった。年配刑事が、おい、と呟《つぶや》く。サングラス刑事が、口

元をゆるめて、小さく頭をさげた。

「殺人……」

「その人が松子さんを？」

「わからない。でも似た男が、この近辺で目撃されている。いまはそれ以上のことは言えない。これでも大サービスなんだ」

サングラス刑事が、歯を見せて笑った。

そのあと、俺と明日香は連絡先を聞かれ、二人の刑事も名前を教えてくれた。年配のほうは汐見《しおみ》刑事、サングラスは後藤刑事。後藤刑事が、何か思い出したら警察まで知らせてくれ、と言ったとき、明日香が、

「松子さんを殺した犯人、捕まったら教えてください」

と言った。後藤刑事は、

「必ず教えるよ、お嬢さん」

と答えた。サングラスで見えなかったが、ウィンクしていたに違いない。

刑事が去ったあとも、明日香は大倉脩二に話を聞いていたが、結局、具体的な川尻松子像はつかめなかった。俺はそれよりも、川のことが気になっていた。松子伯母が泣きながら眺めていた荒川。早く、自分の目で確かめたかった。

「ねえ、こんど二人で湘南《しょうなん》の海に行かない。オレ、湘南じゃちょっとした顔なんだぜ」

大倉脩二の声に、はっとなった。

俺は明日香の腕をつかみ、

「どうもありがとうございました。ではさようなら」

と言い捨てて、明日香を引きずるように歩いた。


「ちょっと放してよ、痛いったら」

明日香の苛立《いらだ》った声が、耳に届いた。俺は立ち止まって、腕を放した。ひかり荘は、ほかの建物の陰になって、見えなくなっている。

「どうしたの。乱暴しないでよっ」

俺と明日香は、道の真ん中で、別々の方向を向いたまま、押し黙った。

重い数秒が過ぎる。

にゃあ、と声がした。

足もとを見ると、白と黒のまだら模様の猫が、いつでも走りだせそうなポーズで、俺たちを見あげていた。

明日香が腰を落とすと、猫が身を翻して逃げていった。しばらく離れてから止まり、こちらを振り返って、にゃあ、と鳴く。

「野良猫、多いんだ、このあたり」

明日香が、顔を猫に向けたまま、言った。その口調は、いつもの明日香だった。

「荒川まで行ってみないか」

明日香が、顔をあげた。

「どうしたの?」

「気になることがある」

勘を頼りに、東に向かって進むことにした。歩き回っていると、小さな大衆食堂や酒屋が目につく。いずれも老舗《しにせ》といった店構えで、駅前商店街から遠く離れた場所にも拘わらず、住宅の間に埋もれるように残っているのだ。

歩いているうちに、保育園を見つけた。二階建ての白い園舎に、フェンスで囲まれた小さな運動場。その運動場越しに、園舎よりも高い土手が見えた。

俺の勘も、捨てたもんじゃない。

保育園を回りこむと、T字路にぶつかった。堤防沿いを走る道路に出たのだ。一方通行らしいが、トラックや乗用車が頻繁に通っている。

俺と明日香は、車が途絶えたのを見計らって、道を渡った。渡ったところに、「飼い犬のフンは飼い主が始末しましょう」という看板が立ててある。その左手に、肌色のペンキを塗った、鉄製の階段があった。

その階段をのぼると、アスファルトの道路が現れた。二車線分あるが、車は走っていない。左に目をやると、車両の進入を阻止する棒が、四本立っている。となると、これが話に聞く、荒川土手の中断道路なのだ。中断道路を横断したところに、さらに小高い土手が聳《そび》えている。こちらが堤防の本体だろうか。

右手に石段を見つけた。俺は、石段まで走った。駆けあがった。次の瞬間、目の前が一気にひらけた。

そこがまさに、堤防の頂上だった。そこから石段を降りたところに、もう一本中断道路が横切っている。こちらは中央に、黄緑色のラインが入っている。堤防を挟む形で、内側と外側に二本の中断道路が走っているのだ。

石段の途中に、麻の帽子を被った男性が座っていた。のんびりと読書を楽しんでいる。体育の授業だろうか、体操服姿の男子高校生が、中断道路をばらばらと走ってきた。サングラスに大きな帽子を被った女の人は、子犬を連れている。腕を元気よく振りながら歩いているお爺《じい》さんは、健康のための運動だろうか。右足を引きずりながら、杖《つえ》を突いて一歩一歩進んでいるのは、四十歳くらいの女性。顔は真剣そのものだ。

中断道路を越えたところの広大な緑地には、野球やサッカーのグラウンドが整備されている。そして緑地のさらに向こうに、荒川が静かに流れていた。川幅は二百メートルくらい。川面《かわも》は穏やかに、夏の青空を映している。

川の向こうには、二本の首都高速道路が、絡み合うようにうねっている。その上をトラックやバスが、のろのろと動いている。ちょうど真向かいには、ひときわ威容を誇る建物が横たわっている。改築中なのだろうか。屋上から、建設用のクレーンが三本伸びていた。

都会の音がひとつの通奏低音となり、絶え間なく届いてくる。がたん、がたん、と重い音が聞こえた。左に目を向けると、荒川に架かる鉄橋を、電車が微速で渡ってくるところだった。鉄橋は二本架かっており、電車が渡っているのは手前のほうだ。車体の色から、東武伊《とうぶい》勢崎《せさき》線だとわかった。となると、奥の鉄橋は常磐線か。はるか右手、川の下流に目を移すと、こちらにも鉄道と車両用、二本の橋が架かっていた。京成《けいせい》本線と堀切《ほりきり》橋だろうか。

白いものが、視界を掠《かす》めた。鳥。何という名の鳥だろう。川面すれすれを、滑るように飛んでいく。俺は、鳥の姿を追ったが、向こう岸の緑地あたりで、見失った。

身体の奥底から、哀しいような、嬉《うれ》しいような、泣きたくなるような、妙な気持ちが、こみあげてくる。

このとき、亡き松子伯母の心と、俺の心が、わずかではあるが、共振していた。川尻松子という女性は、やはり他人ではなかった。俺と同じ家に生まれ、同じ土地に育った人間だったのだ。

「気になることって、何よ」

明日香が言った。

「この川はさ」

俺は、荒川を眺めながら、息を吐いた。頬にあたる風が、心地よかった。

「五十歳を超えた川尻松子が、泣きながら見ていたこの川は……」

俺は、明日香の顔を見て、そのあとの言葉を呑んだ。

明日香が、目を大きく見開き、瞬《まばた》きもせずに、石段の下のほうを凝視していた。唇が紫色に変わり、頬から血の気が引いている。

「どうした？」

俺は、明日香の視線を、目で追った。

さっきまで、石段に座って本を読んでいた男性が、首だけこちらに向けていた。その目も、明日香と同じように、見開かれている。まるで、幽霊でも見ているかのような顔、その顔は

……。

「さっきの……写真の人じゃない？　刑事さんが見せてくれた」

明日香が、震える声で言った。

「そう、みたいだ」

俺の声も、震えていた。

男が、あわてた様子で立ちあがった。痩せてはいるが、背が高かった。その巨体を、俺たちに向ける。石段を駆けのぼり始めた。その形相は、野獣のようだった。

「明日香、逃げよう！」

俺は、明日香の手を取って、堤防沿いを走った。男が、待て、とか、待ってくれ、とか叫んでいたが、待てるわけはない。

内側の中断道路を、年配の男性が歩いていた。黒い大型犬を連れている。

「明日香、降りるぞ。助けを呼ぶんだ！」

俺と明日香は、転びそうになりながら、堤防を駆けくだった。

「助けてくださいっ」

俺は、犬を連れていた年配の男性に叫んだ。

その人が、ぎょっとした顔で、俺と明日香を見る。

「ちょ、ちょ、なに……」

悪魔のような目をした黒犬が、牙《きば》を剝いた。頭を低くして、獰猛《どうもう》な唸り声をあげる。

俺と明日香は、犬の迫力に気圧《けお》され、立ち竦んだ。振り向くと、男がすぐそこまで来ていた。

男が、立ち止まった。肩を上下させ、息を切らせている。縋《すが》るような視線を、俺たちに向けている。息があがっているせいか、言葉は出てこない。

俺は、人差し指を、男に突きつけた。

「こいつ、人殺しなんです！」

男の目が、見開かれた。上下していた肩が、動かなくなった。両手がだらりと垂れる。手から何かが落ちた。

男が、顔を歪《ゆが》める。背中を丸め、両手で顔を覆った。指の間から漏れる息づかいが、ここまで聞こえてくる。

俺は、明日香の肩を抱き寄せた。

黒犬が吠《ほ》えた。

男が、両手を顔にあてたまま、異様な声をあげ始めた。いやいやをするように、身体を左右にねじる。背を向けた。両手で頭を抱えるような格好のまま、何かを叫びながら、堤防を駆けあがっていく。俺と明日香が呆気《あっけ》にとられているあいだに、男の姿は堤防の外側に消えた。

男の立っていた場所に、何か落ちていた。あの男の読んでいた本だった。

明日香が、本に近づいた。しゃがんで拾いあげた。表紙をめくる。顔を土手に向けた。本を閉じる。走りだす。男の後を追うように、土手を駆けのぼっていく。

「おい、明日香!」

明日香は、俺の声に応えず、堤防をのぼりきり、向こう側に消えた。

「な、なんなんだよ、君たちは。ほんとに人殺しなのかい? さっきの男。だとしたら警察に通報しようか」

犬連れの男性が言った。

「いや、あの……」

俺は、言葉に詰まった。あの男が殺人を犯したことは事実かも知れないが、すでに服役して出所している。しかし、松子伯母の死と関係がないとは言い切れない。現に、刑事もあの男を捜していた。とはいえ……。

「すみません。人違いだったみたいです。ごめんなさい!」

俺は頭をさげてから、明日香の後を追った。

堤防を越え、外側の中断道路を渡り、鉄製の階段をおりる。車のホーンがけたたましく鳴ったと思ったら、ワンボックスカーが鼻先を掠めていった。俺は、車が来ないのを確かめてから、道路を横断した。視線をあちこちに飛ばす。明日香の姿は見えない。

くそっ、明日香のやつ、どこ行ったんだ？

足が勝手に動きだす。走る。

「明日香、どこだよ！」

「笙！」

振り向いた。

明日香が、手を胸にあてながら、立っていた。俺は、明日香に駆け寄った。

「どうなってんだよ、いきなり……」

「あの人、どこ行ったんだろう、見つからないよ」

明日香が泣きそうな声で言った。

「なに言ってんだよ！　あの男が松子伯母さんを殺したのかも知れないんだぞ。そんな奴を一人で追いかけて、もしものことがあったらどうするんだよ！」

明日香が、呼吸を整えながら、

「あの人、松子さんを殺したりしないよ」

「なんでそんなことが言えるんだ？　人殺しだって叫んだら、逃げていったじゃないか」

明日香が、右手に持っていたものを、差し出した。

「これ、あの人が落としていった本」

俺は、ちらと本に目をやった。文庫本より一回り大きい。臙脂《えんじ》色の表紙は、手垢《てあか》で汚れていた。

「だから……なんだよ」

「中を見てよ」

明日香が、焦《じ》れたように言った。

俺は、本を手に取った。適当にページを開く。中は、鉛筆の書きこみやら傍線やらで、真っ黒だった。俺は、傍線を引いてある部分を、適当に選んで読んでみた。あっと思った。あわててページを戻り、タイトルを見る。

それは、新約聖書だった。

4

昭和四十六年五月

わたしは、船着き場に入ったところで、ミニサイクルを降りた。桟橋付近にはすでに、二十人近くが渡し船を待っていた。多くは背広姿の男性や学生服に身を包んだ中高生たちだが、腰の曲がった老女も混じっている。

船着き場はコの字型で、筑後《ちくご》川に向かって口を開いている。突き出した二本の桟橋は、丸太を組んだ上にコンクリートの板を渡した、簡素な造りのものだ。船着き場の左手には、間近まで葦《あし》が生えており、ときどき蛇が顔を出す。

わたしはミニサイクルのスタンドを起こし、倒れないようにハンドルのバランスをとってから、桟橋を歩いた。顔見知りの何人かと会釈しながら、桟橋の先端に立ち、深呼吸をする。川面を撫でてきた五月の風が、頬にあたり、髪をなびかせる。遥か向こう岸に並ぶ家々の屋根が、霞《かす》んで見える。ささやかな波が、ゆったりと時間を刻むように、打ち寄せていた。

「川尻先生、おはようございます」

振り向くと、黒に白いラインのセーラー服が、桟橋を駆けてきた。背中の真っ赤なリュックサックが、弾んでいる。

「あら、おはよう。きのうはちゃんと眠れた？」

「もう浮き浮きして、ぜんぜん寝れんかった」

三年一組の金木《かなき》淳子《じゅんこ》だった。縦長の顔に、こけしのような目鼻が愛らしい。小麦色の肌が、はちきれそうな若さを包んでいる。おかっぱ頭が、朝日を反射して、艶やかに光った。

わたしが生まれ育ったのは、福岡県大川《おおかわ》市の、大野《おおの》島《しま》というところだ。大野島は、筑後川と早津江《はやつえ》川に挟まれた、広大な三角州にある。

小学六年生のとき、社会科の授業で、大野島の歴史を調べたことがあった。そのときに得た知識によると、筑後川の河口に三角州ができたのは、戦国時代末期であり、十六世紀の後半には葦が生えたという。大野島の開拓が始まったのは、慶長六年春、津村三郎左右衛門《つむらさぶろうざえもん》なる人物が同志とともに乗りこんでからだそうだ。開拓の主役となったのは、古賀、今村、中村、長尾、永島《えいしま》、堤、武下《たけした》、古川の各氏で、いずれも地侍《じざむらい》だった。いまでも大野島では、これらの姓を名乗る家が多い。そのことを知ったとき、川尻姓はよそ者なのだと、子供なりに傷ついた記憶がある。

大野島は、現在でもほとんどが、水田で占められている。六月の田植えの時期になると、縦横に走る用水路から、透き通った水音が聞こえてくる。夜ともなれば、数千数万の蛙の鳴き声が、うねりとなって沸きあがる。広々とした三角州には、視線を遮る丘や山もない。空は果てしなく大きく、地平線は果てしなく遠い。

古くから大野島では、本土との往来には渡し船を使わねばならなかった。戦後まもなく架橋問題が起こり、昭和二十六年に早津江川に早津江橋が完成し、大野島は本土と結ばれた。しかし肝腎《かんじん》の筑後川には、四年前に橋梁《きょうりょう》本体の工事が始まったばかりで、現在も進行中なのだ。

だから今でも、大川第二中学に行くには、渡し船で筑後川を越えなければならない。中学から高校まで毎朝使っていた船を、母校の教師としてふたたび使うようになるとは、あのころは夢にも思わなかった。

渡し船は通学のためだけにあるのではない。本土に通勤する人はもちろん、大野島の住人にとって、日常生活の大切な足になっている。桟橋付近には、魚屋のほか、雑貨を商う小さな店が並んでいる。向こう岸にも二階建ての家があって、一階部分が駄菓子屋になっていた。駄菓子に混じってノートやコンパスなどの文具も置いてあり、金木淳子もときどき利用しているようだ。

わたしは金木淳子の担任ではなかったが、毎朝同じ船に乗るうちに、気安く話のできる間柄になっていた。以前彼女が話してくれたことだが、わたしと船でおしゃべりすることは、友達のあいだで自慢の種なのだそうだ。わたしが、何が自慢なのかわからないと言っても、金木淳子は恥ずかしそうに笑うだけで、答えてくれなかった。

船がモーターの音を響かせながら、船着き場に入ってきた。大人二十人が乗れるほどの大きさだが、屋根も座席もない。ちなみに渡し船は福岡県が運営しており、運賃も無料である。船頭が渡り板をかけると、待っていた人が続々と乗りこんだ。わたしはいちばん最後に、ミニサイクルを押して乗った。今朝は干潮なので、川の水位がさがっている。そのため桟橋の高さより船の位置が低くなっていて、渡り板にかなりの傾斜ができていた。満潮のときは桟橋と船の高さが同じになるので乗りやすいのだが、干潮のときはいつも怖い思いをする。わたしは板の上を滑らないように気をつけて、船に乗り移った。

わたしと金木淳子が錆の浮いた手すりにつかまると、船頭が合図して、船が動きだした。乗客は立ったまま、対岸を眺めたり、顔見知りと世間話をしたりしている。

川は穏やかだった。早朝の心地よい川風に身を任せていると、切ないほどの安らぎを感じる。岸から離れるにつれて、大野島の全景が見えてくる。自分が生まれ育った土地。懐かしくもあり、ときに疎《うと》ましくもある。これが故郷《ふるさと》というものなのだろうか。十代のころには、そんな思いで島を見たことはなかった。

すぐ川下には、工事中の橋脚が突き出ている。噂では、相当大きな橋になるそうだ。橋脚の向こうには、有明海《ありあけかい》が迫っている。漁を終えて帰ってくる船が、小さく見える。漁船のエンジン音が、風に乗って耳に届く。上流に目を移すと、真紅の昇開橋《しょうかいきょう》が、朝日を浴びて聳えていた。この鉄橋は、大川駅と佐賀駅を結ぶ単線のためのもので、人や車が通ることはできない。大きな船が通るときには、橋の中央部を上昇させる仕組みになっている。この型の橋としてはアジアで最大だというのが、地元の人間の誇りだった。

やがて船が、導流堤《どうりゅうてい》にさしかかる。導流堤は、道路のセンターラインのように、川の真ん中に築かれた、蒲鉾《かまぼこ》型の石堤だ。河口付近に土砂が堆積《たいせき》するのを防いで、航路を確保するために造られたと聞いたことがある。潮が引くと姿を現し、満ちると沈むので、地元の漁師は沈礁《ちんしょう》と呼んでいる。導流堤は、六キロメートルにわたって築かれているが、渡し船の通路にあたる箇所には、切れ目が設けてある。渡し船は、その切れ目を通って、行き来するのだ。

「ねえ先生」

金木淳子が、遠慮がちな声で言った。

「きょう、龍君《りゅう》、来る？」

「だいじょうぶ。ゆうべ、先生が龍君のうちまで行ってきたから」

わたしは、優しく微笑《ほほえ》んだ。

金木淳子も懸命に、笑みを返してくれた。

龍洋一《よういち》のことを話すときの金木淳子は、頬が紅潮し、目も潤み、痛々しいほどだった。龍洋一は二組、つまり、わたしの担任だ。家庭環境が複雑なせいか、不良っぽい雰囲気があり、教師のあいだでも問題児扱いされている。金木淳子は、龍洋一を「映画スターの田宮二郎《たみやじろう》に似ている」と言ったことがあるが、たしかに彫りの深い顔は大人びていて、わたしでさえ、どきりとすることがあった。

わたしにとって、今回の修学旅行でいちばん気がかりなのが、この龍洋一だった。

午前八時四十五分。三年生九十四名と引率の教師五名は、学校の運動場に整列した。まず田所校長が朝礼台に立って、修学旅行とは学を修めるための旅である云々と、どうでもいい話をした。続いて杉下教頭から注意事項の確認があり、そのあとようやく、出発となった。出発といっても、学校から大川駅までは、アリの行列のごとくぞろぞろと歩き、列車で国鉄久留米《くるめ》駅まで出て、そこで初めて修学旅行専用列車に乗ることになる。

久留米駅で待つこと十五分。我々の前についに現れた車両は、半年前に田所校長と乗ったものと同じ型だった。行き先を表示する場所には「修学旅行」と書かれたプレートが掲げてあり、ホームに入線してきたとたん、生徒たちが歓声をあげた。

この修学旅行に、田所校長は同行していない。話を聞くと、田所校長が修学旅行に同行しないのは、赴任以来、初めてのことだそうだ。

田所校長は、修学旅行の下見から帰ったあとも、相変わらず胸を反り返らせて、校内を見て回っていた。当初わたしは、目を合わせるのも嫌で、避けていた。しかしあるとき、廊下の角で鉢合わせしてしまった。わたしは、蛇に睨まれた蛙よろしく硬直して、田所校長の顔を見つめた。しかし次の瞬間、予想外のことが起きた。田所校長が、気まずそうに目を逸らし、黙って通り過ぎたのだ。わたしは振り向いて、田所校長の後ろ姿を見送った。田所校長が、わたしに負い目を感じている。なんとも言えない爽快感《そうかいかん》が、わたしを包んだ。

以来、わたしは事あるごとに、田所校長を見つめている。こちらの視線に気づくと、わざとらしく咳払《せきばら》いをしたり、ことさら無視を決めこんだり。しかし気になって仕方がないことは、額にうっすらと浮かぶ汗で、手に取るようにわかる。もしかしたら、修学旅行の同行を取りやめたのも、それが原因かも知れない。ざまあみろ、だ。

わたしは、校長の破廉恥な行為を、口外するつもりはなかった。校長の言うとおり、部屋をいっしょにしてくれと言ったのはわたしなのだし、結局、傷物にされたという噂がたって損をするのは、わたしのほうなのだ。狭い田舎社会で、家も学校に近いとあっては、醜聞はまたたく間に広がり、この土地にいられなくなる。それよりは、田所校長をうんといじめてやったほうがいい。かわいそうだとは思わなかった。

修学旅行専用列車のいいところは、生徒がいかに騒ごうとも、ほかの乗客から苦情が来ないことだ。ゴミは持ち帰らせるし、床に落ちた菓子も掃除させることになっているが、多少羽目を外しても大目に見ましょうと、出発前の職員会議で確認されていた。

先頭の列車には、三年一組と二組が乗りこんだ。通路を挟んで、二人用座席が二列配置されているが、座席の向きは前後いずれにも、変えられるようになっていた。

わたしは、一組の担任である佐伯俊二《しゅんじ》と、最後部の席に座った。佐伯俊二はわたしの三年先輩で、校内でもっとも世代が近いと同時に、唯一の独身成人男性でもある。並んで立つとわたしより背が低いくらいだが、身軽そうな痩身《そうしん》と、前髪を垂らしたハンサムな容貌《ようぼう》は、異性として意識させられるのにじゅうぶんだった。笑うときには小柄な身体に不釣り合いなほど、豪快な笑い声を張りあげるのが常で、隣の教室でこれをやられると、こちらの授業に差し障るくらいだ。いちど、苦情を言ったことがあるが、

「笑い声がでかいのは生まれつきです。僕もなんとかしようとは思ってるのですが、どうにもなりません。あしからず」

と、まったく悪びれずに答え、例によって大笑いした。これにはわたしも吹き出してしま

い、それ以上怒ることができなくなったものだ。

　佐伯俊二は、わたしにとって気兼ねなく接することのできる、ただ一人の同僚と言えた。恋愛感情を抱いているとまでは言えないが、彼がいなければ毎日が色褪《いろあ》せたものになるだろうことも、事実だった。

　生徒たちは、出発直後こそ決められた座席におとなしくしていたが、十分も経たないうちに、各自好き勝手に移動を始めた。やがて、いつもの仲良しグループで固まり、トランプ、おしゃべりなど、思い思いの方法で旅を楽しみ始めた。男子生徒の中には、将棋盤を持ってきた者までいて、佐伯俊二に勝負を挑んできた。佐伯俊二は、嬉々《きき》と応じて席を立ち、足取りも軽く、通路を歩いていった。

　わたしは、佐伯俊二の背中を、複雑な思いで見送った。このときばかりは、彼の気楽な性格が羨《うらや》ましくもあり、腹立たしくもあった。わたしには、佐伯俊二のような余裕は持てなかった。金木淳子がトランプに誘ってくれたが、ゲームに夢中になっているあいだに誰かの具合が悪くなったらと思うと、断らざるを得なかった。ときどき、こういう自分の性格が嫌になる。

　わたしは、ため息を吐いてから、腰をあげた。列車の通路を往復し、気分の悪くなっている生徒がいないか、見て回ることにした。

おしゃべりやゲームに興じる生徒たちと、短く言葉を交わしながら、通路を進んでいく。男子生徒と将棋を指している佐伯俊二が、得意げにウィンクしてきた。わたしが、わざと真面目くさった顔で睨み返すと、おっかなそうに肩をすくめた。

気になる生徒は、前から二番目の座席に座っていた。隣に座っていた生徒は、ほかに移ったらしい。その座席だけ、空気が澱んでいるようだった。

わたしが近づいても、気づかないふりをしている。つまらなそうに頬杖《ほおづえ》をつき、車窓の外を眺めていた。その横顔に、表情はない。しかしわたしには、誰かに声をかけられるのを待っているようにも見えた。その男子生徒こそ、金木淳子の片思いの相手、龍洋一だった。

わたしは、龍洋一の脇に立った。龍洋一は、まだ無視している。わたしは笑顔をつくり、

「龍君、元気ないけど、気分でも悪いの？」

龍洋一が、目だけを動かし、わたしを見あげた。すぐ車窓に戻す。

「別に」

ぶっきらぼうな声が返ってきた。

「そう。それならいいんだけど」

視線を感じて振り向くと、金木淳子が、手に持ったトランプ越しに、こちらを見ていた。

「ねえ、龍君も、みんなといっしょにトランプでもしたら」

龍洋一は、いい、と答えたきり、黙った。わたしを見ようともしない。

わたしはあきらめて、通路を戻った。金木淳子の横を通るとき、申し訳なさそうな顔をつくり、首を横に振った。金木淳子が、唇を尖らせた。

最後部の座席に戻ると、佐伯俊二が帰っていた。

「将棋は終わったのですか？　ずいぶんお早いこと」

「あいつら相手じゃ将棋にならないですよ。もっと腕をあげてから誘いに来いって、言ってやりました。僕とやるには十年早いって」

佐伯俊二が、豪快に笑う。わたしは、付き合い程度に、笑みを浮かべた。

「川尻先生、どうしたんです、元気ないじゃないですか」

「なんでもありません」

「なんでもないことないでしょう。僕と川尻先生の仲じゃないですか、遠慮なく言ってくださいよ」

佐伯俊二が、両手を大げさに広げた。僕の胸に飛びこんできなさい、とでも言いかねない。

「お二人さん、熱い熱い！」

いきなり前の座席から、三人の女子生徒が顔を出した。

「佐伯先生、鼻の下がのびてるよ」

「こら、よけいなこと言うんじゃない！」

佐伯俊二が怒った真似をすると、女子生徒が黄色い声をあげて離れていった。

「まったく、最近の女子はませてきて……」

佐伯俊二が、まんざらでもないという顔をする。わたしと目が合うと、あわてて口元を引き締めた。

「川尻先生、もっと肩の力を抜きましょうよ」

「でも、生徒たちを率いる身ですから」

「いまからそんな調子じゃ、二泊三日の日程は保《も》ちませんよ」

「そうなんですけど……」

「気になることでも？」

わたしは、声を落とした。

「龍君のことなんです」

佐伯俊二が、はは、と笑う。

「あいつはいつものことでしょう。ぶすっとしていれば、人が機嫌を取ってくれると思っている。甘えてるんですよ。放っておけばいい」

「佐伯先生！」

一組の学級委員をしている男子が、飛んできた。

「どうした？」

「今村さんが、吐きそうだって！」

電車に酔って具合の悪くなった生徒がいたものの、別府での日程は順調に消化できた。昼食をとった食堂で生徒が騒ぎすぎ、杉下教頭が叱《しか》りつける場面はあったが、無事に二日目を迎えた。

問題は、その夜、起こった。

旅館の大広間で生徒たちが夕食をとり、入浴も全員が済ませ、きょうも無事に終わりそうだというころ、引率教師に臨時招集がかかった。

杉下教頭の泊まっている部屋に入ると、一組担任の佐伯、三組担任の三宅《みやけ》、それに保健室の藤堂《とうどう》が、すでに集まっていた。杉下教頭はまだワイシャツにズボン姿だが、佐伯俊二はいつも授業で着ている茶色のジャージに身を包んでいる。わたしも、暗赤色に白い線の入ったジャージに着替えていたが、これは修学旅行用のパジャマとして、わざわざ買ったものだった。

初日は、生徒の就寝時間が過ぎて早々、さてこれからは大人の時間、大いに飲みましょうと酒宴が繰り広げられたが、きょうはそんな雰囲気ではない。

　わたしは、自分で座布団を敷き、正座した。

「ほんとに、困ったことになりました」

　杉下教頭が、目尻を情けなく下げた。いつもなら完璧に整えられている白髪も、乱れている。普段から生真面目《きまじめ》が服を着て歩いているような御仁《ごじん》だが、こうなると教頭の威厳どころではない。

「いったい、何があったのですか？」

　三組担任の三宅満太郎《まんたろう》が、頬杖を突きながら言った。浴衣姿であぐらをかいているため、生白い太股《ふともも》がちらちらとのぞく。この小太りの男は、三十代半ばの数学の教師だが、男のくせに理屈っぽいところがあり、わたしは好きではなかった。

「さきほど旅館から苦情が来ましてね……売店の手提げ金庫から、お金が盗まれたそうなんです」

「あら、いやだ」

　と声をあげたのは、クリーム色のワンピース姿の藤堂操《みさお》だった。彼女は、度の強い眼鏡をかけた痩せぎすの四十女で、独身である。若いころはたいそうな美人だったが、一人娘として親の面倒を見なければならなかったため、好きな人とは結ばれなかった。婿《むこ》養子を取ることもなく、結局、生涯独身を通すことにしたという。なぜわたしが知っているかというと、修学旅行初日の夜、寝物語に延々と聞かされたからだ。いま着ているワンピースは膝上十センチもあるミニで、裾が気になるのか、ずっと左手で押さえている。

「まさか、うちの生徒が疑われているのですか？」

佐伯俊二が言った。

杉下教頭が渋い顔をする。

「この旅館は、うちが借り切っているのです。いまから生徒たちに確認してください。旅館側は、お金を返せば、警察沙汰《ざた》にはしないと言っていますので」

「どういうことなのか、詳しく話していただけませんか。そうしないと、生徒に聞くといっても……」

佐伯俊二が言うと、教頭が、ああこれは申し訳ない、私もつい動転して、と前置きして、説明を始めた。

話によると、金が盗まれたというのは、旅館の一階にある土産物売場だった。ペナントやキーホルダーなどの記念品を扱う店で、夕食前の自由時間には、生徒たちでにぎわっていたという。そのときは店にも人が居て、問題はなかった。ところが夕食の時間が来て、生徒たちがいなくなると、店番をする必要がないと思ったのか、旅館の人間も店を離れた。食事時間が終わるころに戻ってみると、売上金を入れてある手提げ金庫の位置がずれていた。中を改めると、果たして紙幣がすべて無くなっていたという。被害金額は、一万二千五百円。わたしの月給の半分近い。

「金庫の鍵をかけていなかったのですか。それは不用心だ」と佐伯俊二。

「しかし逆に言えば、うちの生徒を信頼してくれていたとも言えるでしょう。その信頼を裏切るような真似をしてしまったのです。まったく、校長になんと報告してよいものか……」

ぶつぶつと、よく聞き取れない愚痴が続く。

「でも、いきなり生徒を疑うというのは賛成できません。誰かが外から入りこんだ可能性もあるじゃないですか」

わたしが言うと、杉下教頭が目を吊りあげた。

「それを確かめるために、生徒に聞いて欲しいと言っているのですよ。私だって、生徒を疑いたくはありません。しかし、万が一警察沙汰になったら、我々の責任問題にもなります。新聞記事にもなりかねない。なんとしても、穏便に済ませる必要があるのですよ」

「たしかに、修学旅行の生徒のマナーの悪さについては、以前から新聞の社説でも指摘されてますからねえ」

とは三宅満太郎の言。そして眼鏡に手を触れながら、こう続けた。

「お話を伺う限り、お金が盗まれたのは、夕食の間ということですね。そういえば、二組の龍洋一が、中座したんじゃなかったですかねえ」

　三宅満太郎が、粘り着くような目を、わたしに向けてくる。

「あれはトイレに行くからと！」

　わたしは声を荒らげた。

　周囲の視線が、二組の担任であるわたしに注がれる。

「ほかに、夕食中に席を外した生徒はいましたか？　あるいは、夕食に姿を見せなかった生徒は？」

　杉下教頭が言った。

　沈黙。

「……龍君が盗んだというのですか？」

「川尻先生、そこを確認してください。場合によっては、持ち物検査をしても構いません」

　杉下教頭に続いて、三宅満太郎が口を出す。

「そういうことであれば、生徒たちに聞くのも、まず龍洋一に確認してからで良いのではないですか。もし龍洋一が犯人なら、なにも他の生徒に事件を知らせることもない。なにしろ旅先ですから、生徒が動揺しかねない」

「犯人だなんて、そんな言い方しないでください。彼がやったと決まったわけじゃないんですから！」

三宅満太郎が、唇の端を曲げて、そっぽを向く。口元が、これだから女は、と動いた。

「では川尻先生、龍洋一に確認してください。いますぐです。我々はここで待機していますから」

杉下教頭が、挑むような目で、わたしを見る。

抗弁できる雰囲気ではなかった。

「わかりました……」

わたしは、押し潰されそうな気分で、腰をあげ、部屋を出た。

重い足取りで人気のない廊下を歩いていると、後ろから名を呼ばれた。

佐伯俊二だった。

「僕も付き合いますよ。一人だと心細いでしょう」

わたしは、佐伯俊二と向かい合った。

「佐伯先生も、龍君を疑っているのですか？」

佐伯俊二が、口ごもってから、

「状況から言って、疑われても仕方がないとは思います。普段が普段ですしね」

「わたしは、自分の生徒を、信じています」

佐伯俊二の目に、温かな光が灯《とも》る。

わたしは、自分の頬が、熱を帯び始めるのを感じた。

「お気持ちは感謝します。でも、わたしも二組の担任ですから、一人でだいじょうぶです」

「そうですか。わかりました。じゃあ僕は退散します」

佐伯俊二が、背を向け、いつもの弾むような足取りで、教員の集まる部屋に戻っていく。

「佐伯先生」

佐伯俊二が、振り向く。

「ありがとうございます」

わたしが頭をさげると、佐伯俊二が微笑みながら、親指を突き立てた。


佐伯俊二と別れてすぐ、微かな自己嫌悪を感じた。わたしは、龍洋一を信じていたのではない。三宅満太郎から龍洋一の中座を指摘されたとき、彼ならやりかねない、と思った。しかし担任として、素直に認めるわけにはいかなかったのだ。よりによって、三宅満太郎に指摘されたことも、癪《しゃく》だった。

「どうする……」

十中八九、犯人は龍洋一だ。杉下教頭の剣幕からして、知らぬ存ぜぬでは済まないだろう。こうなった以上、龍洋一に罪を認めさせ、旅館にお金を返し、謝罪させるしかない。深く反省している様を見せれば、旅館も納得してくれるに違いない。わたしの担任としての体面も、保てるはずだ。もっとも三宅満太郎から、嫌みの一つや二つは投げつけられるだろうが。

わたしは心を決めて、龍洋一のいる部屋の前に立った。息を吸ってから、

「入るわよ」

ドアを開けた。紺色の体操服に身を包んだ男子生徒たちが、ばたばたと動き始める。それは、コンクリートブロックを地面から引き剝《は》がした瞬間、いきなり日光に晒された虫たちがあわてふためく様を思わせた。

「な、なんだよ、いきなり入るなよ、人権蹂躙《じゆうりん》だぞ」

いつもクラスを笑わせる、お調子者の本橋健太《もとはしけんた》が言った。

「なにやってたの、あなたたち?」

よく見ると、布団の下から、雑誌のグラビアのようなものが、のぞいている。

「本橋君、その布団の下に隠してあるものを見せなさい」

とたんに生徒たちが、しゅんとした。本橋健太が、しまった、と舌打ちしそうな顔で、成人雑誌を差し出す。

わたしは、手に取り、表紙を開いた。裸の女性が、ピンク色のベッドに寝そべっていた。付け睫毛《まつげ》とアイシャドウで強調された目は、誘うようにこちらを見ている。ページをめくった。裸の男性が女性に覆い被さり、乳房を荒々しく握っていた。女性は恍惚《こうこつ》とした表情で、目を閉じている。こんな写真を見るのは、初めてだった。心臓が、激しく脈を拍《う》ち始める。不意に田所校長の顔が浮かぶ。力をこめて、雑誌を閉じた。

「不潔な本ね。本橋君が持ってきたの？」

「俺だよ」

声をあげたのは、龍洋一だった。ほかの生徒がきちんと座っているのに、龍洋一だけは寝ころんでいる。

いいきっかけができたと思った。

「龍君、ちょっと来なさい」

「それ没収したら、もういいだろ」

「いいから、ちょっと来なさい」

龍洋一が、しぶしぶといった感じで、腰をあげた。

わたしは龍洋一を、自分の部屋に連れていくことにした。保健室の藤堂操も同室だったが、いまは杉下教頭の部屋にいるはずだ。

しかし扉を開けたとき、龍洋一をこの部屋に連れてきたことを、後悔した。仲居の手によって、すでに二人分の布団が敷かれていたのだ。そんな状況の部屋に、思春期の大人びた男子生徒と、二人きりになるのだ。それにいま、ジャージの下には、下着しか着けていない。

わたしは動揺を押し殺して、部屋の端に積みあげてある座布団を取り、龍洋一の前に敷いた。

「ちょっと話があるの。座りなさい」

龍洋一が、座布団にあぐらをかく。

わたしが、自分の座布団を敷いて正座をすると、龍洋一も面倒くさそうに座り直した。

成人雑誌を見せて、

「これは、先生が預かっておきます」

「返してくれるの？」

「あなたが二十歳になったらね」

「あげるよ。まだいくらでもあるから」

龍洋一が、目を伏せたまま言った。

成人雑誌のことは、この際どうでもいい。盗難事件のことをどうやって切り出そうか、それを迷っていた。

　龍洋一が、上目遣いに、わたしを見る。

「もういいだろ」

「龍君、夕食のとき、トイレに立ったわね」

　龍洋一が、首を傾げた。

「ずいぶん時間がかかってたけど……」

「なに言ってんの、先生」

「あのね……」

　わたしは、深く息を吸った。

「旅館の売店から、お金が盗まれたの。ちょうど、夕食の時間に」

　龍洋一が、目を見開いた。強《こわ》ばった笑みを浮かべる。

「俺がやったって？」

「わたしは信じてる。でも、ほかの先生が疑っているのよ。だから、龍君の口から聞きたい。お金を盗《と》ったのは、龍君なの？」

　龍洋一の顔から、笑みが消えた。

「それは……信じてるって言わないんじゃ、ないですか」

「え」

「信じてるのなら、そんなこと、聞くわけない」

わたしは、言葉を返せなかった。

「先生も、俺がやったって思ってるんだ」

わたしは、座布団から身体を浮かせて、龍洋一に詰め寄った。

「でもね、食事中に席を立ったのは、龍君だけなのよ。先生にだけは教えて。あなたがやったの？」

龍洋一が横を向いた。

「なんなの、その態度は。これ以上、先生に恥をかかせるつもりなのっ！」

龍洋一は答えない。

「店の人はね、お金を返して謝るのなら、警察沙汰にはしないって言ってくれてるのよ。黙っていたら、刑務所に入ることになるのよ」

龍洋一は動かない。しかし、その目は赤く充血している。

もう少しだ。

「ね、先生もいっしょに行くから、旅館の人に謝ろう」

わたしは、龍洋一の膝に、手を触れた。

龍洋一が、その手を荒々しくはね除け、立ちあがった。

わたしは、息を呑んだ。

龍洋一が、両拳《こぶし》を握った。血走った目で、わたしを睨みつけた。背を向ける。部屋を出ていく。後ろ手に閉められた扉が、大きな音を放った。

わたしは、龍洋一の消えた扉を、呆然と見た。身体が震えていた。胸に手をあて、呼吸を繰り返す。目を瞑《つむ》った。

失敗した。

いくら大人びているとはいえ、相手は多感な年頃だということを、忘れていた。お金を盗ったのは龍洋一だ。それは間違いない。しかしあの様子では、自分から認めるとは思えない。どうすればいいのか。

このまま杉下教頭の部屋に戻ろうか。しかし、戻ってなんと言えばいい？　犯人は龍洋一でした……いや、本人はまだ認めていないから、そこまで言っていいものか。かといって、わかりませんでした、では済まない。担任失格の烙印《らくいん》を押されてしまう。

杉下教頭は、田所校長に報告するだろうか。わたしは、担任として責任が問われるだろうか。佐伯俊二は、こんなわたしをどう思うだろうか。「自分の生徒を信じている」と大見得を切ったはいいが、結局、生徒を説得することもできない。正直に言えば、わたしはただ、佐伯俊二の前でいい格好をしたかっただけなのだ。その浅ましさを、彼に見抜かれるのが、怖かった。少なくとも佐伯俊二には、生徒思いの教師、若いながらも優秀な教師、と思われたかった。

どうすればいい？

とにかく、警察沙汰にだけは、してはならない。それには、旅館側を納得させることだ。納得させるには、お金を返すことだ。お金さえ戻れば、文句はないはずだ。

目を開ける。

黒革の鞄に手を伸ばした。引き寄せた。ファスナーを開け、鞄の底から財布を出す。まずはお金を返そう。生徒が盗ったことにして、担任であるわたしが生徒からお金を取り戻し、店に返す。盗った生徒は深く反省していると言えば、納得してくれるのではないか。杉下教頭には、二組の生徒とだけ報告しよう。もちろん、龍洋一以外には考えられないのだが、表向きだけでも、匿名にする必要がある。本人と約束したので、名前を明かすことはできない。深く反省しているので、今回だけはなかったことにして、田所校長への報告も控えるよう頼みこめば……。杉下教頭も、きっと察してくれる。

そうだ。これならすべてが、丸く収まる。杉下教頭にしても、自分が引率した修学旅行に限って不祥事が起きたとあっては、立場がないはずだ。月給三万円そこそこのわたしにとって、一万円以上の出費は痛いが、こうすれば誰も傷つかずに済むのだ。

わたしは、このアイデアに取り憑《つ》かれた。自分の財布を確認した。紙幣は、伊藤博文《いとうひろぶみ》が八枚と岩倉具視《いわくらともみ》が一枚。八千五百円しかなかった。あとは百円玉や十円玉ばかり。

藤堂操の赤い鞄に目がいった。引き寄せて中身を探ると、思ったとおり、財布が入っていた。金額を確認すると、一万円札も含めて、四万円近くあった。これには驚いた。見栄えのしない彼女が、こんな大金を持ち歩いているのだ。わたしの心に、嫉妬《しっと》のさざ波が生まれた。同時に自分が、とてつもない悪事に手を染めているような気分になった。

(少しの間、借りるだけだ。話せばわかってくれる)

わたしは、千円札を四枚抜き取り、財布を鞄に戻した。


売店は、閉まっていた。商品には覆いが被せられていたが、レジ隣の机には、まだ人が居た。背中を丸めて、算盤《そろばん》をはじいている。

「あの、大川第二中学の者ですが」

レジにいた人が、顔をあげた。五十がらみの色黒の男性で、度の強そうな眼鏡をかけていた。白いものが混じった髪は短く刈りあげられており、首は太くて短い。肩幅が広く、柔道でもやっていそうな体格をしていた。

男性が、わたしを見据えたまま、眼鏡を外した。真ん中よりの大きな目は、敵意に満ちているように見えたが、もともとそういう目なのか、ほんとうに機嫌が悪いのかはわからない。

「これ、お返しに来ました」

千円札十二枚と、五百円札一枚を、重ねて差し出し、机に置いた。

男性が、お金を一瞥してから、鼻息を吐き、腕を組んだ。腕の筋肉が、盛りあがった。

「やっぱり、生徒かね。どこにも不良ってのはいるもんだねえ。でもね、本人に謝りに来てもらわないと」

野太い声だった。

「本人は、深く反省しているんです。どうか、許してやってもらえませんか」

「だから、その本人をここに連れてきてくださいよ。許す許さないは、その後のことでしょう。あのね、ここで甘い顔すると、それこそ本人のためにならないよ。そういうことを学ばせるのが学校でしょ」

男性が、机に両肘《ひじ》を突き、指を絡ませた。顔を斜に構え、横目で見あげてくる。

「あんた、若そうだけど、その生徒の担任なの？」

「……はい」

「じゃあ、お金を盗んだ生徒をここに連れてきて、きちっと謝らせてください。そうすれば、今回だけは目をつぶります。でなければ、警察に訴え出ますよ」

わたしは、どうしたらいいのか、わからなくなった。もっと簡単に、許してもらえると思っていたのに……。何か答えようと口を開けても、言葉が出てこない。頭の中が真っ白になる。

男性が、深く息を吸った。

「わかりました」

断ち切るように言い、腰をあげる。

「こちらから出向こうじゃないですか。その生徒はどの部屋にいるのですか？　先生方にできないのなら、私が生徒に説教してやります。それが本当の教育ってもんですよ。さあ、連れていってください」

男性が、口を真一文字に結んだ。

「待ってください。ちょっと待ってください！」

わたしは、喘《あえ》ぎながら叫んだ。

「なぜ待つのですか。あなた、それでも教師ですか？　そんなことで、生徒のためになると、本気で考えているのですか？　そういう学校で学んだ生徒に、この国を託していけるのですか」

「待ってください、違うんです、そうじゃないんです」

「何が違うんですか！」

男性が、怒鳴った。

わたしは、身体が硬直して、動けなくなった。こんなに大声で怒鳴られたのは、生まれて初めてだった。父にさえ、こんな言い方をされた憶えはない。

歯が、がちがちと鳴り始める。胸の奥から、嗚咽《おえつ》が漏れそうになる。できることなら、このまま部屋に駆け戻り、布団を被ってしまいたかった。早く、この場を終わらせたかった。

「生徒じゃ……ないんです」

涙声になった。

「なんですか？」

「お金を盗んだのは、生徒じゃないんです」

「だってあなた、さっき……じゃあ、誰だというのですか？」

「わたしが……」

堪え難い沈黙が、流れていく。

いいのか。

「え？」

いまは、こう言うしかない。龍洋一のところに連れていくことはできない。この場でなんとか収めてもらうしかないのだ。それには、これ以外に選択肢はない。

「わたしが、盗りました」

言ってしまった。

「だってあんた……」

「すみません、魔が差したんです」

わたしは、頭を深くさげた。

どうしてこんなことになったのか。いいのだろうか、これでいいのだろうか。頭の中が混乱して、収拾がつかない。

もう、どうにでもなってしまえ。

「おい、あんた、さっきは自分のクラスの生徒がやったって言ったぞ。どういうことだよ」

「それは……」

「まさか、生徒に罪を被せて、自分の罪を免れるつもりだったのか」

わたしは、首をうなだれた。言い訳を考える気力もなかった。

「こりゃあ驚いたねえ、先生っていったら、聖職者と思っていたけど」

男性が笑いだした。

「お願いです。警察にだけは、通報しないでください。学校のほうにも。どうか、この場だけのことにしてください」

わたしは、その場に膝をついた。額を床にこすりつけた。

「お願いします！」

男性が、忌々《いまいま》しげに息を吐く。

「まったく、この国はどうなっちまったんだ。俺は、こんな国のために、南の島で戦ってきたわけじゃないんだぞ」

「川尻先生、何をしているのです？」

声に振り返った。杉下教頭が、立っていた。

「帰りが遅いので、様子を見に来たのです。どこにもいなくて、探していたら……」

「あとは、学校の問題ですな。お金だけは、返してもらいますよ。ご心配なく、警察沙汰にするつもりは、最初からありませんから」

男性が、机の上の一万二千五百円を手に取る。算盤や伝票といっしょに手提げ金庫に納め、それを持って、店の奥に消えていった。

わたしは、杉下教頭と目を合わせないように、立ちあがった。指で涙を拭った。

「何があったのですか？」

わたしは、鼻を啜《すす》りながら打ち明けた。龍洋一が犯行を認めなかったので、自分がやったことにしてしまったと。

「なんと馬鹿なことをしてくれたのですか！」

杉下教頭の声が、暗い売店に響いた。

「申し訳……ありません」

わたしは、顔を伏せた。

「龍洋一は、自分がやったとは言っていないのでしょう。ならば、それで良かったじゃないですか。ほかの生徒にも聞いて、誰も身に覚えがないのであれば、堂々と我が校の生徒の仕業ではないと言えば良かったのです。それをあなたは……」

杉下教頭の拳が、震えていた。

「どうするつもりです？　旅館側は、我が校の教員がお金を盗んだと思っていますよ。もっとも、いまさらどんな言い訳をしても、通じるとは思えませんね。かえって印象を悪くするだけでしょう」

わたしは、恐る恐る顔をあげた。

「……どうしたらいいんでしょう」

杉下教頭が、腕を組んで、唸った。目が忙しなく動く。いきなり、わたしの両肩をつかんだ。

わたしは、ひっと息を吸った。

「川尻先生、このことは、誰にも話さないでください」

「どうするのですか」

「ほかの先生方には、旅館側の手違いだったと謝罪があったことにしておきます。お金の盗難事件は、最初からなかった」

「嘘をつくと……」

「そうでもしなければ、川尻先生がほんとうにお金を盗んだことになってしまいます。となれば、間違いなく免職ですよ」

わたしの脳裏に、父の顔が浮かんだ。

「それは困ります、絶対に」

「だから、私の言うとおりにしてください。旅館側には、川尻先生が盗ったことにしておきますが、学校としては、そもそも盗難事件など起きなかった、そういうことにするのです。旅館側も警察沙汰にはしないと言ってますし、公になることはないでしょう。いいですね」

わたしの肩をつかむ杉下教頭の手に、力がこもった。

わたしは、自分の部屋に戻った。藤堂操は、まだ帰っていなかった。いまごろ杉下教頭から、説明を受けているのかも知れない。売店の盗難事件は、間違いだったと。

藤堂操の財布から、無断でお金を借りたことを、思い出した。彼女が戻ってきたら、事情を話さねばならない。つまり彼女には、事実を話さなくてはならない、ということだ。

わかってもらえるだろうか。わたしは、いまは何をやっても、裏目に出るような気がしてきた。できれば彼女が戻ってくる前に、お金を戻したかったが、手元には小銭しか残っていない。こんなことなら、杉下教頭に借りればよかった。

わたしは、自分の鞄から荷物をすべて出し、畳に並べた。もしかしたら、どこかにお金が紛れこんではいないか。父が昔、もしものときのために潜ませておいたお札はないか。虚《むな》しい行為だとは思ったが、探さずにはいられなかった。

ドアが音をたてて開いた。

わたしは、顔をあげた。

藤堂操が、小さく駆け足をしながら、ドアを閉める。わたしを認めると、動きを止めた。

「あら、もう帰ってたのね。どうしたの？　荷物広げちゃって。無くしもの？」

わたしは、とっさに笑みを浮かべた。

「いえ、なんでもないんです」

わたしは、小物や着替えを、鞄に戻し始めた。言わなければ、言わなければ。心で叫んでいたが、口は愛想笑いを浮かべたまま、固まっていた。荷物を戻したら、言おう。そう決めたが、荷物を戻し終えても、最初の一言が出てこない。

藤堂操が、布団に腰を落とした。ワンピースの裾はもう気にならないのか、足がだらしなく開いている。

「旅館側の勘違いだったらしいわね。さっきの盗難騒動」

「そうですね」

「まったく、人騒がせよね。少しは宿泊料金を負けさせてやればいいのに」

「あの……」

「なに？」

藤堂操が、首を傾げた。

「いえ、なんでもないことがわかって、よかったと思います」

「……ええ、まあ、そうよね」

藤堂操が、怪訝《けげん》そうに笑みを浮かべた。

「あら、なにこれ」

藤堂操が、龍洋一の成人雑誌を見つけ、手に取った。ページをめくる。

「あらあ……すごいわ」

目を丸くして、わたしを見た。

「あなた、こういう趣味があるの？」

わたしは、首を激しく振った。

「男子生徒が持ってきていたのを、没収したんです」

「そうよねえ。年頃の男子はやっぱりこういうの……」

言葉が途切れた。藤堂操が、眉をひそめながら、次のページを開ける。そのページには、男性に乳房を握られている写真が載っているはずだ。わたしはそっと、顔色をうかがった。

藤堂操は、口をぽかんと開けて、写真に見入っていた。頬には赤みが差し、瞬きが頻繁になり、胸がゆっくりと上下し始める。この貧相な四十女は、不潔な写真に興奮しているのだ。

藤堂操のそんな姿は汚らしく、胸が悪くなりそうだった。

「じゃあわたし、もう寝ます」

わたしは、布団をまくって、横になった。藤堂操に背を向け、布団を被る。藤堂操は、何も言わない。

「おやすみなさい」

返事はない。その代わり、さらりという、ページをめくる音が聞こえた。わたしは、布団を頭まで被り、目を瞑った。

最終日の朝が来た。早朝七時から大広間で朝食をとり、生徒たちに部屋の掃除をさせ、午前九時にはなんとか、旅館の前に全生徒を整列させることができた。いよいよ帰路につくというときには、旅館の女将《おかみ》や仲居が見送りに出てきた。売店の男性もいた。わたしは目を合わせないようにしていたが、気になって一度だけ、男性の表情をうかがった。男性は、機嫌の良さそうな顔で、生徒たちを眺めていた。わたしのことは、気に留めていない様子だった。

一組のクラス委員が前に進み出て、大きな声で旅館の人たちにお礼を言うと、後ろの生徒たちが唱和し、頭をさげた。和服姿の女将が、また是非いらしてください、とお辞儀をした。

一行は旅館のバス三台に分かれて乗りこみ、別府駅に向かった。帰路は専用列車ではなく、急行の一部を借り切っての旅となる。

生徒を乗せた急行「由布《ゆふ》一号」は、国鉄別府駅を十一時三十九分に発ち、大分《おおいた》市街から山岳地帯へと、快調に飛ばしていった。蒼《あお》い由布岳を望み、峠を越え、湯平《ゆのひら》、豊後《ぶんご》中村《なかむら》、天ヶ《あまが》瀬《せ》に停車しながら、ひたすら久留米を目指す。

ここまで来れば、さすがのわたしにも、心の余裕が生まれた。由布院《ゆふいん》では、わずか一分の停車時間のあいだに、金木淳子らとホームに出て記念写真を撮るという冒険をやってのけた。

久留米に到着したのは、午後二時四十四分。久留米から佐賀、佐賀から大川駅まで戻り、そこで解散となった。

大川駅では、生徒たちの親が出迎えに来ており、無事に帰ってきたことを喜び合ったり、早くもお土産を取り出したりしながら、それぞれの家路についていった。わたしは、父兄と生徒の入り乱れる喧噪《けんそう》のなか、龍洋一の姿を探した。彼の母親が来ているのかどうか、気になったからだ。

金木淳子を見つけた。彼女の家では、父親が出迎えに来ていた。わたしは二人に近づき、挨拶の言葉を交わし、当たり障りのない話をしたあと、何気ないふうを装って、金木淳子に尋ねた。

「龍君、もう帰ったのかしら？」

金木淳子の頬が、リトマス紙のように赤く変わった。

「あ……帰ったみたいです」

「お母さんといっしょに？」

「いえ、一人でしたけど」

「そう。ありがとう」

わたしは、金木淳子の父親に会釈してから、その場を離れた。背後で金木淳子が、「お父

さん、なに見てるの！」と叫んだ。わたしが振り向くと、金木淳子が掌《てのひら》でメガホンをつくり、

「お父さんねー、先生の後ろ姿、ずっと見てたんだよー。鼻の下のばしてー」

父親が泡を食いながら、金木淳子のメガホンを塞いだ。ばつが悪そうに、頭をさげる。わたしは、愛想笑いを返した。

生徒はこれで解散だが、教員はまだお役御免とはならない。このあと学校まで戻り、校長室でふんぞり返って待っているであろう田所校長に、修学旅行が無事終わった旨を報告するのだ。


「トラブルはありませんでしたか？」

校長室で一列に並んだ我々に、田所校長が鷹揚《おうよう》に尋ねた。

杉下教頭が、言葉に詰まりかけたが、

「はい。まあ、気分の悪くなった生徒もありましたが、藤堂先生の手当てによってすぐに回復しましたし、とくに大きな問題を起こす生徒もなく、概《おおむ》ね、順調に終えられたと思います」と答えた。

「結構ですね。どうも、ご苦労さまでした」

これでお終《しま》いだった。たったこれだけのために、わざわざ学校まで戻らなくてはならない

のだ。

学校の自転車置き場で、二日ぶりにミニサイクルと再会したころには、陽が傾いていた。

ともあれ、これで修学旅行は終わったのだ。今後は卒業後の進路指導に、本腰を入れて取り組まねばならない。二組で全日制高校への進学を希望しているのは六割。あとは家業を継いだり、就職や専門学校を志望している。ただ一人、龍洋一からは、まだ本当の気持ちを聞いていない。

「川尻先生っ」

声に振り向くと、佐伯俊二が駆けてくるところだった。肩にかけた旅行鞄が、左右に揺れている。佐伯俊二はマイカー通勤なので、自転車置き場に用はないはずだ。

佐伯俊二が、目の前で立ち止まった。息を弾ませている。

「どうしたんですか？」

「ちょっと待った」

佐伯俊二が、右手でわたしを制し、懸命に呼吸を整えた。大きく息を吐き、わたしと向き合う。

「川尻先生、こんどの日曜日、映画でも観《み》に行きませんか？」

わたしは、佐伯俊二の顔を見つめた。

「それ、デートに誘っているのですか？」

「そうです」

佐伯俊二が、いつになく真剣な顔で答える。

「別に、いいですけど」

佐伯俊二の顔が、輝いた。

「ああ、よかった。じゃあ、詳しいことはまたあとで。約束ですよ、こんどの日曜日」

佐伯俊二が、さっと右手をあげ、身を翻した。返事をする間もなく、走り去る。時間にして十秒足らずの出来事だった。

わたしは、佐伯俊二の去った方向を、ぼんやりと見ていた。地面からふわふわと浮いているような、妙な気持ちだった。ミニサイクルの鍵を解き、自転車置き場から引き出し、サドルにまたがる。

「デートに誘われちゃった」

呟いてから、ペダルを踏みこんだ。爽《さわ》やかな風が、頬を撫でる。学校の正門を出て右に曲がると、夕陽が真っ正面に見えた。いままで見た中で抜群に大きく、美しい夕陽だった。

我が家では、外から帰ったらまず、仏前に報告することになっている。決めたのはもちろん父だ。わたしは単に習慣から、仏壇の前に座り、御鈴を一つ叩いて、手を合わせた。台所の母にお土産を渡してから、二階にあがり、妹の久美の部屋に顔を出す。久美は今年で十八歳になるが、子供のころから身体が弱く、高校も中退して、家で寝たり起きたりという生活を繰り返している。

わたしは、部屋の前に立ち、入るわよ、と断ってから、ドアを開けた。わたしは一度、久美が自慰をしているところに出くわしたことがあった。話し相手になってやろうと部屋に入ると、久美がベッドに仰向けになり、パジャマのズボンの中に手を入れていたのだ。久美はすぐに手を引き出したが、いつもは青白い顔が真っ赤になり、何かを言いかけた。わたしは病人同然の久美がそんなことをしているとは夢にも思わず、動転し、ドアを閉めて自分の部屋に飛びこんだ。しばらくすると久美の部屋から、泣き声が漏れてきた。そこでわたしは、もう一度久美の部屋に行き、このことは誰にも言わない、と約束したのだ。そんなことがあったので、久美の部屋に入るときは、必ず声をかけることにしていた。

久美の部屋は、カーテンが閉めきってあり、薄暗かった。わたしは、電灯から垂れている紐を引いた。蛍光灯が、瞬いてから、部屋を照らす。

久美は、ベッドに横たわり、目を閉じていた。

「姉ちゃん、おかえり」

久美が、目を開ける。

わたしは、ベッド横に腰を落とし、久美に顔を近づけた。

「ねえ久美、いいこと教えてあげようか」

久美が、少しだけ首を持ちあげた。

「姉ちゃんね、恋人ができそうなんだ」

「結婚するの?」

「するかも知れない」

「おめでとう」

久美が、わたしの機嫌を取るような、卑屈な笑みを浮かべる。

わたしは立ちあがった。

「こんどの日曜日、デートなのよ」

笑いを漏らし、久美の部屋を出た。

自分の部屋に戻ると、鞄を床に放り投げ、ベッドに横になった。浮《うわ》ついたような気分は、まだ続いている。気がつくと、頬が緩んでいる。デートに誘われただけでこんなに楽しくなれるということは、わたしも佐伯俊二を憎からず思っていたことになる。わたしは彼のことが好きなのだ。

じっとしていられず、ベッドの上を、右へ左へと転がった。あまりに楽しくて、声をあげて笑った。まるで、高校生に戻ったような気分だった。

どんな映画を観るつもりだろう。やっぱり純愛映画だろうか。手を握ってくるだろうか。まさかキスを求められたり、それ以上のことを……。いや、結婚まではきれいな身体でいたい。古いと笑われるかも知れないが、彼ならきっとわかってくれるはずだ。でも、胸を触るくらいなら……。

はっとして飛び起きた。

わたしは、床から鞄を引き寄せ、中身をベッドにあけた。化粧品、着替え、汚れ物を入れたビニール袋、しかし、龍洋一から没収した成人雑誌は、見つからなかった。そういえば、今朝から目にしていないような気がする。昨夜わたしが眠るときには、藤堂操が手にしていた。彼女が捨てたのだろうか。いや、部屋のゴミ箱にもなかった。

藤堂操が持ち帰った？

あり得る。そうに決まっている。わたしは、不潔な写真に見入る彼女の姿を想像し、おぞましさに身体が震えた。

「あ……」

わたしはこの瞬間まで、藤堂操の財布から抜いた四千円のことを、失念していた。そして同時に、自分が今、一文無し同然であることを思い出した。

「いけない！」

部屋を飛び出た。階段を駆けおり、台所に走った。

台所では、割烹着《かっぽうぎ》姿の母が、夕飯の用意をしていた。電気釜《がま》から御飯の香りが、白く立ちのぼっている。

「どうしたの、松子。騒々しいよ」

母が、背を向けたまま、言った。

「お母さん、お金、貸してくれない？」

母が手を止め、顔だけ振り向いた。

「いくら？」

「一万円くらい」

母が、大げさに目を剝く。咎めるように、

「そんな大金、何に使うの？」

わたしは、笑みをつくった。頰が強ばった。

「ちょっと修学旅行先で、いろいろあって。いま、手元にほとんどないの。お願い」

母が、また鍋《なべ》に向かった。

「ないよ」

「うそ。少しくらいあるでしょ。お願いだから」

「お父さんに聞いてからでないとね」

「お父さんには言わないで」

「そんなこと言ったたって……やっぱりこういうことは、お父さんの許可をもらわなきゃ。この家の主《あるじ》なんだから」

玄関から、ただいま、と元気な声が聞こえた。足音が仏壇のある居間に向かう。ちんと御鈴が聞こえるや、忙しない足音が近づいてきた。ああ腹減った、と言いながら台所に入ってきたのは、弟の紀夫《のりお》だった。

「おかえり」

母が、そっけなく言った。

「あ、姉ちゃん、帰ってたんだ。どうだった、修学旅行？」

紀夫が、テーブルに置いてあった皿から竹輪をつまみ、口に放りこんだ。母が、これ、と窘《たしな》める。紀夫が、軽く肩をすくめた。

「紀夫でもいいわ。お金貸してくれない？」

紀夫が、竹輪の先を口からはみ出させたまま、わたしを見た。何か言ったが、竹輪が邪魔になって聞き取れない。あわてた様子で竹輪を咀嚼《そしゃく》し、呑みこんだ。

「なんだよ、いきなり」

「手持ちがないのよ。五千円でもいいから」

「姉ちゃんのほうが稼ぎがいいはずじゃないか」

「お願い」

「父さんに頼めよ」

「そんなこと頼めるわけないでしょ」

「俺だって、そんなに持ってないよ。お生憎《あいにく》さま」

紀夫が、背中を丸めて、台所を出ていった。

わたしは、肩を落とした。

母が、ガスコンロの火を止める。

「よし、できた。きょうは、鰻《うなぎ》だよ」

「そう……」

母のため息が聞こえた。

「一万円も何に使うの?」

「理科の佐伯先生って知ってるでしょ」

「ああ、あの男前の」

「デートに誘われたの」

「デートっておまえ……間違いなんか起こしてないだろうね。嫁入り前なんだから。ほら、新田《しんでん》の民子《たみこ》ちゃん知ってるだろ。二十歳になる前に悪い虫がついちゃって、土地にいられなくなって……」

「馬鹿なこと言わないで。最初のデートが次の日曜日なのよ。だから、わたしも少しは手持ちが欲しいのよ。何もかも相手に払ってもらうなんて、屈辱的でしょ」

「出してくれるって言うのなら、出してもらったらいいじゃないか。それが男の甲斐性《かいしょう》ってもんだよ」

「わたしは、そんな女にはなりたくないの」

「まあどっちにしろ、お父さんに相談してからだね」

　玄関から、戸の開く音がした。

「ほら、帰ってきた」

　母が、手を割烹着の裾で拭《ふ》きながら、玄関に向かった。おかえりなさい、と母の声。いつものように鞄を受け取り、上着を脱がせているのだろう。父のぼそぼそという話し声と、それに応える母の声が、交互に聞こえる。やがて父の足音が、二階に向かった。母は母で、一階の自分たちの寝室に、鞄と上着を持っていくのだ。しばらくして父がおりてきた。仏前で御鈴を鳴らし、南無妙法蓮華経《なむみょうほうれんげきょう》と唱えてから、寝室に入って着替える。これが毎日、一分《いちぶ》の狂いもなく繰り返される。

市役所勤めの父も、毎朝あの渡し船を使うのだが、わたしといっしょになることはない。市役所に行くには、川を渡ってからバスに乗らなければならないので、わたしより一時間は早く家を出るからだ。ちなみに紀夫は、大野島の木工所に就職しているので、通勤に渡し船は使わない。

藍《あい》色の和服に着替えた父が、居間に座り、新聞を広げた。背すじをまっすぐ伸ばし、気難しげに首を傾げて、記事に目を通す。父は、大正生まれには珍しく、背が百八十センチ近くあった。首が長く、痩せているので、鶴《つる》のように見えることがある。細い顎、無表情に閉じられた口、尖った鼻、そして度の強い眼鏡の奥には、吊りあがり気味の細い目。五十歳ですでに真っ白になった髪は、ほつれて垂れさがっている。顔には皺が増え、シミも目立つ。酒も煙草もやらず、趣味もない。そんな人生のどこが楽しいのだろうと、思うことがある。

わたしの視線に気づいたのか、父が目をあげた。

「修学旅行は、無事に終わったのか？」

「うん、まあ」

父の目が、新聞に戻った。

「ねえ、お父さん。相談があるんだけど」

「なんだ」

わたしは、父の横に腰を落とした。つま先を立てたまま膝をつき、手を揃える。

「お金、貸してくれないかな」

父が、無言で先を促す。

「三千円でいいんだけど。つぎの給料日には返すから」

「何に使うんだ？」

「それは……」

父が、新聞を畳み始めた。

「恋人ができたそうだな」

わたしは、顔から火が出そうになった。

「……久美がしゃべったのね？」

声が低くなった。

「久美は、自分のことのように喜んでいた。姉ちゃんが、デートするんだと」

父が、憮然と言った。

わたしは、久美に漏らしたことを悔やんだ。これほど気の利かない子だとは、思わなかった。

「お金は、そのためか？」

わたしは、ため息をついた。

「そう。いま手元に、ほとんどないの」

「給料日まで待てばいい」

「こんどの日曜日なのよ。間に合わないわ」

「貯金をおろしたらどうだ？」

「わざわざ定期を解約するの？　もったいないわ」

「それなら予定を延ばしてもらえ」

「せっかく誘ってくれたのに、できるわけないでしょ」

「それほどその男に、入れあげているのか」

「そういう言い方はやめて。佐伯先生は、立派な方よ」

父が、静かな視線を、わたしに向ける。

「なによ……」

「なぜ久美に、自分の恋人のことをいちいち言う必要がある？　お前は、久美の気持ちを考えたことがあるのか。あの子は、ろくに外に出ることもできない。中学や高校時代の友達も滅多に来なくなったし、恋をする時間もなかった。その久美に、自分の幸せを見せつけて、かわいそうだとは思わないのか。お前はあの子の姉なのだから、そのくらいの思いやりを持っていいはずだ。あの子は健気《けなげ》にも、お前を羨むどころか、心から祝福しているんだぞ。それをお前は、自分のことばかり考えて。姉として恥ずかしいとは思わないのか」

「もういいっ！」

わたしは、立ちあがり、二階に駆けあがった。

久美の部屋の前に立った。ドアを睨みつけた。あんたなんかさっさと死ねばいいんだ。心で叫んでから、自分の部屋に戻った。

さっきベッドにぶちまけた荷物が、そのままだった。わたしは、ベッドの縁に腰掛け、頭を抱えた。

ドアがノックされた。

「姉ちゃん」

久美の声。

「なんか用？」

ドアが開いた。パジャマにカーデガンを羽織った久美が、立っていた。病気のせいか背が低く、痩せ細っているが、顔だけは丸く大きいので、マッチ棒が立っているように見える。

わたしや紀夫が父に似ているのに対し、久美は母親似で、とくに睫毛の長いぱっちりとした目元は、そっくりだった。小さいころのわたしは、吊りあがった自分の目が嫌いで、どうして目だけでも母に似なかったのかと、泣いたことさえある。

「どうしたの？　また倒れても知らないよ」

「聞こえちゃったの。ごめんなさい。デートのこと、秘密だなんて知らなかったから」

「もういいわよ。部屋に戻って寝てなさい」

「これ」

久美が、右手を差し出した。掌には、お札と硬貨が何枚か、載っていた。

「よかったら使って。どうせわたしは、お小遣いもらっても使えないから」

わたしは立ちあがり、久美に近づいた。

久美が、怯《おび》えたような顔で、わたしを見あげる。まるで、叱られることを覚悟した、幼児のようだった。

わたしは、掌のお金と、久美の顔を見比べた。

「ありがとう。給料日には返すから」

そっけなく言って、お金を取った。千円札が一枚と五百円札が二枚、百円玉が三枚、十円玉四枚、五円玉が一枚だった。

　久美が、ほっと息を吐き、嬉しそうに笑みを浮かべる。

「いつでもいい」

　そう言って、ふらつきながら、自分の部屋に戻っていった。

　わたしは、久美から借りたお金を握りつぶし、床に叩きつけた。紙幣がふわりと落ち、硬貨は音をたてて弾《はじ》け飛んだ。荒い息をしながら、くしゃくしゃになったお札を見おろす。拾いあげ、皺を伸ばしてから、自分の財布に入れた。


　翌朝、わたしが挨拶しながら職員室に入ったとき、ざわついていた空気が、急に静かになったような気がした。教員たちは、一時限目の準備をしたり、隣の同僚としゃべったりしているが、ときおり無機質な視線を、わたしに向けてくる。

　わたしは、右隣の佐伯俊二と挨拶を交わし、自分の机に腰を落ち着けた。

「あの……」

　佐伯俊二が、妙に強ばった顔を、わたしに向けた。お尻をもぞもぞと動かす。頻繁に瞬きをして、口元も落ち着かない。

「はい」

「じつはその……」

朝のチャイムが鳴った。佐伯俊二が、口をつぐんだ。校長室に通じるドアが開いた。出てきたのは田所校長ではなく、保健室の藤堂操だった。ただでさえ愛想のない顔が、いっそう不機嫌に見える。足音をまき散らしながら、脇目もふらずにわたしの後ろを通り過ぎ、端の机についた。藤堂操の机は保健室にあるのだが、朝会のときだけは、空いている机を使っているのだ。

しばらくしてから、校長室から田所校長が出てきた。もったいぶって教職員一同の前に立つ。すると我々も起立する。相変わらずの朝の儀式だ。生徒のように朝の挨拶を唱和したあと、着席する。静寂が戻ってから、田所校長が、修学旅行が無事終わってなにより、これからも気を引き締めて云々と訓辞を垂れた。続いて杉下教頭から、連絡事項の確認。五分ほどで終了し、やっと担任の教室へと向かうのだ。

わたしも、二組の出欠簿を手に、立ちあがった。藤堂操が同時に腰をあげ、わたしを横目で一瞥した。鼻息を吐き、顔を背け、さっさと職員室を出ていく。

わたしはなぜか、周囲の視線を痛いほど感じた。常に誰かが、わたしを見ている。わたしがそちらを見ると、必ず目を逸らす。

はっと気づいた。

もしかしたら、佐伯俊二とデートの約束をしたことを、知られてしまったのではないか。そうに違いない。まったく田舎はこれだから……。

わたしは、噂の広がる速さに呆《あき》れると同時に、自分が生まれて初めて主役になったような気分になり、誇らしくなった。自然と頬が緩んだ。

「では、お先に」

机でもたもたしている佐伯俊二に声をかけ、職員室を出た。

教室では、朝のホームルームと称して、出欠をとる。わたしはそこで初めて、龍洋一が学校に来ていないことを知った。

ホームルームを終えると、職員室に戻った。きょうの一時限目は空きで、二時限目の準備に使うのだ。

職員室の机に座ると同時に、校長室のドアが開いた。出てきたのは杉下教頭だった。足早に近づいてくる。

「川尻先生、校長がお呼びです」

強ばった声だった。

「あ、はい」

わたしが返事をして立ちあがると、杉下教頭は先に歩き始めた。

校長室は、六畳ほどの部屋だった。職員室から通じるドアを入ると、右手奥に運動場に面した窓があり、その前に、黒光りした机が鎮座している。

田所校長は、目を閉じて、腕組みをしていた。口をへの字に曲げ、眉間には深い皺を刻んでいる。背後で、ドアの閉まる音。

「校長、川尻先生です」

杉下教頭が言って、わたしの横をすり抜け、田所校長の傍らに立つ。

わたしは、田所校長、杉下教頭と、たった一人で対峙《たいじ》する形になった。

窓の向こうは、眩《まぶ》しいほどの五月《さつき》晴れ。運動場では、一時限目に体育の授業を受ける生徒たちが、走り回っていた。女子の黄色い声が、漏れ入ってくる。

田所校長が、目を開けた。ため息を吐きながら、わたしを見あげる。

「なぜ、ここに呼ばれたか、わかりますか？」

「いえ」

田所校長が、机に身を乗り出した。

「昨日、先生方から修学旅行終了の報告を受けたあと、修学旅行で泊まった旅館から電話がありましてね。お金を盗んだ女性教師のことだが、どうか寛大な処置を、と言われました」

顔から血の気が引いた。杉下教頭を見ると、唇を嚙んで床を見ている。

「私には、何のことだかわからない。いたずら電話かとさえ思いました。ところが、旅館の名前を確認すると、たしかに我が校が使った旅館です。そこでよくよくお話を伺うと、若い女性教師が、売店からお金を盗んで、それを生徒の仕業に見せかけようとしたと言うじゃありませんか」

「それは……」

田所校長が、右手をかざして、わたしを制した。

「私の驚きが想像できますか。杉下教頭からは、そんな報告はまったくなかった。そうでしたね？」

田所校長が、気味悪いほど穏やかに、杉下教頭に尋ねる。

「はい。そのとおりです。まことに申し訳ありません」

杉下教頭が、頭を垂れた。

「それで、あわてて杉下君に事情を聞いたところ、あなたから、どうか内密にしてくれと泣いて頼まれ、やむなく報告しなかったとのことでした」

わたしは、目を剝いて、杉下教頭を見た。

「そうですね。杉下教頭」

「はい」

「教頭先生！　だってあのときは……」

「聞き苦しいですよ！」

田所校長が、一喝した。

わたしは、息が止まりそうになった。

「どのような事情があるにせよ、売店から現金を盗むなど、弁解の余地はありません」

杉下教頭は、俯いたままだった。

「困ったことに、この話は外に漏れているようなのですよ。すでに旅行先で、生徒のあいだで噂になっていたようですね。つい先ほども父兄から、真偽を確かめる電話が入りました。調査中だと言っておきましたが。それから……」

田所校長が、悪意のこもった眼差しを向けてきた。口元には、笑みさえ浮かんでいる。

「今朝になって、藤堂先生から、気になることを言われまして」

わたしは、息を吸いながら、窓越しに運動場を眺めた。目が眩《くら》むような日射しの中、生徒たちが、若い肉体を躍動させている。自分にも、あんなころがあったのだ。可能性に満ち溢《あふ》れ、未来は薔薇《ばら》色だと、根拠もなく信じていた。

「きのう帰宅してから財布を確認したところ、お金が抜き取られていることに気づいたそうです。藤堂先生は、旅館の仲居が盗ったのだと思い、今朝一番に私のところに見えまして、厳重に抗議して欲しいと言われました。さて、私がそのとき、何を思ったか、ご想像つきますか？」

わたしは、田所校長に、視線を戻した。

「違うんです。わたしは……売店からお金を盗ったのはわたしじゃないんです。たぶん、わたしのクラスの生徒だと……でも本人は認めなくて、それでわたしは、とにかくお金を返そうと、返せばなんとかなると、警察沙汰にだけはしてはならないと、でも、わたしの手持ちだけでは足りなくて、それで、やむなく……」

「藤堂先生の財布から、お金を抜いたと？」

わたしは、震えながら、うなずいた。

田所校長が、鼻息を吐きながら、首を横に振った。これは恐れ入った、とでも言いたげに。

「それを、藤堂先生に伝えましたか？」

「……いいえ。なんとなく、言いそびれてしまって」

「それを、窃盗というのではありませんか」

わたしは、言葉を返せなかった。

「あなたは、旅館の売店からお金を盗んだのは、自分ではないとおっしゃる。生徒を庇《かば》うために、あえて自分がやったと申し出たということですか。しかし世間は、とうてい信じないでしょうね。百歩譲ってそれが事実だとしても、藤堂先生の財布からお金を抜き取ったことは、認めるのでしょう。しかも、藤堂先生に断りもなく。これだけでも、立派な犯罪ですよ。私はあなたを信じたい。しかし、これまでのあなたの振る舞いを見ていると、旅館の売店からお金を盗ったのもあなたかも知れないと、思わざるを得ない」

田所校長が、険しい顔をした。しかしその目には、勝ち誇ったような光。田所校長が、背もたれに身体をあずけた。上半身をゆっくりと、前後に揺する。この瞬間を楽しむかのように、沈黙している。そしておもむろに、口を開いた。

「しばらく、自宅で謹慎してください。処分は追って通知します。授業は、杉下教頭に代わってもらいましょう」

わたしは、自分の机に戻った。椅子に腰を落とすと、全身から力が抜けてしまい、立ちあがれなくなった。職員室では、一時限目の空いている教員が二人、机に向かっている。わたしを無視して、授業の準備をするふりに専念している。

田所校長の口にした「処分」という響きが、わたしのプライドを粉微塵《こなみじん》にしていた。小学生のころから優等生だったわたしが、通信簿もオール5だったわたしが、何回も学級委員や生徒会の役員を任せられたわたしが、処分される。

　一時限目の終了を知らせるチャイムが鳴った。もうすぐ、ほかの教員も帰ってくる。わたしは鞄を抱え、職員室を出た。廊下を走った。自転車置き場に通じる下駄箱まであと少しというとき、突き当たりの角から佐伯俊二が現れた。わたしは足を止めた。佐伯俊二も驚いた様子だったが、伏し目がちに近づいてきた。目を合わせないように、わたしの隣に立つ。

「川尻先生、こんどの日曜日のことですが、こちらから誘っておいて何なんですけど、じつは急用が入ってしまって」

　早口で言った。ちらと目をあげたが、わたしと目が合ったとたん、逸らせた。

「佐伯先生まで、わたしが……」

「いや、それとこれとは無関係なんです。いや、というかその……」

「佐伯先生、信じてください。わたしは何も」

「ほんとに急用なんです。それじゃ」

　佐伯俊二が、逃げるように離れていった。

　わたしは呆然と、佐伯俊二を見送った。その背中が職員室に消えても、動けなかった。

　ほかの教員が、次々と帰ってくる。誰も声をかけてくれない。

　わたしは、両手で鞄を抱きしめ、下駄箱に走った。

ミニサイクルにまたがり、校門を出たところで、停まった。天を仰いだ。太陽はこれから、南の空に駆けあがろうとしている。

電車が減速し、停車した。博多《はかた》駅のホームでは、乗客が列をなして待っていた。その先頭に、ジーパンを穿《は》いた二人の女の子がいた。友達同士らしい。おしゃべりに夢中になっている様子が、ガラス越しにも伝わってくる。ドアが開くと、わたしとすれ違いに、乗りこんでいく。そのあいだもずっと、しゃべり続けている。話題は、共通の男友達のようだ。わたしは、ホームに降り立ったあとも、二人の後ろ姿を目で追った。ジーパンは脚にぴったりと張りつき、ヒップラインを惜しげもなく晒している。二十歳くらいだろうか。二人のおしゃべりは、座席についても途切れない。毎日が楽しくて仕方がない年頃。自分はこの世界の主人公だと、信じて疑わない若さ。

「ちょっと、あんた、どいてよ」

年配の太った女が、わたしを横に押しのけた。わたしは、足がもつれそうになり、たたらを踏んだ。それからまた、二人の女の子を見つめた。一人が、わたしに気づいた。もう一人の腕を小さく叩き、わたしを指さして何か言った。顔を見合わせ、眉をひそめる。一人が何かを耳打ちした。もう一人が、口に手をあて、笑いころげた。発車のベルが鳴った。わたしの目の前で、ドアが閉まった。電車が動きだす。二人の女の子は、まだわたしを見て、笑っていた。

改札口を出て、広大なステーションビルの中を、博多口に向かって歩く。博多に来たのは、大学を卒業して以来、二年ぶりだった。比べものにならないほど、にぎやかになっていた。平日の午前というのに、人通りが多い。ステーションビルには、井筒屋《いづつ》という百貨店のほかに、ステーションシネマという映画館が入っており、学生のころ、友人と観に行ったことがある。当時の入場料は百円で、天神《てんじん》の映画館より高いわりには列車の振動がうるさく、それきり行かなかった。そういえば、優子はどうしているだろうか。早百合《さゆり》は？　良美は？

ステーションビルを出ると、目の前がタクシー乗り場だった。その向こう百メートルほどは広場になっており、駐車場や車寄せに使われている。わたしが大学に入ったころは、新博多駅が現在の場所に移転して何年も経っておらず、駅前も寂しいものだった。それが今や、見あげるようなビルやホテルが並ぶ大都会だ。

わたしは駅前広場を、急《せ》かされるように歩いた。聞き覚えのある警笛が耳に入った。右手の大博《たいはく》通りから、路面電車が現れた。線路の上空には、架線が網のように張り巡らされている。その架線にパンタグラフを押しつけながら、二両連接の路面電車が、やってくる。わたしは歩みを速めた。

電停の安全地帯は、道路より一段高くなった、島のような場所だ。すでに十人ほどが、乗降口付近に並んでいた。

入ってきた電車の系統を確認すると、思ったとおり、天神に行けることがわかった。電車が停車してドアが開くと、乗っていた客のほとんどが降りた。百貨店の買い物袋をさげた女性が目立つ。

わたしは列の最後に並び、乗りこんだ。路面電車の座席は対面式。運転台のすぐ後ろの席が空いていたので、そこに座った。

発車のベルが、ちんちんと鳴る。

「ゲージ四・五、出発進行、発車ぁ」

運転士が、声を張りあげた。

低いモーター音を発しながら、電車がゆっくりと動き始める。しばらくすると、黒いカバンを肩からさげた車掌が、パチパチと鋏《はさみ》を鳴らしながら入ってきた。揺れる車内を、うまくバランスをとりながら、客から客へと泳ぐように移動している。回数券を持っている人は切符を切ってもらい、そうでない人は乗車券を買っている。あっという間にわたしの番になった。

「普通券をください」

わたしは、車掌の顔を見あげながら言った。制服に制帽を被った車掌は、少年のような顔立ちで、わたしよりも年下かも知れなかった。車掌が、カバンから慣れた手つきで普通券を一枚取る。わたしは、十円玉を二枚、手渡した。

「普通券は二十五円なんですけど」

車掌が、おずおずと言った。いつのまにか値上がりしていたのだ。わたしはあわてて、財布から五円玉を探し、車掌の手に載せた。指が、車掌の手のひらに触れる。車掌と目が合った。ほんの一秒足らずの間だったが、若い車掌がわたしの顔を凝視した。瞬きを繰り返したあと、小さく頭をさげる。

「次は人参町《にんじんまち》、人参町です」

大きな声をあげながら、通路を戻っていった。

電車が、住吉《すみよし》通りに入った。線路が上下車線の間に敷いてあるため、電車は行き交う自動車に挟まれる格好になる。博多は人も多いが、交通量も凄かった。自家用車やトラック、タクシーに路線バスが、ひしめくように走っている。電車は自動車に追い抜かれながら、ごろごろと進んでいく。赤いクーペが、電車の前に回りこみ、線路の上を走り始めた。運転士が、警笛を鳴らす。電車が、がくんと減速した。

柳橋《やなぎばし》を越えてしばらくすると、大きく右に曲がった。渡辺通りに入ったのだ。この通りをまっすぐ進んだところが、福岡きっての繁華街、天神だ。そして天神には……。

わたしはこのとき初めて、自分がどこに行こうとしているのか、気づいた。

電車が、天神・磐井屋《いわいや》前に停車した。わたしは、鞄を持って下車した。ここで、乗客の大半が降りた。みな磐井屋に向かって歩いている。わたしも、人の流れに乗って、磐井屋に入った。

磐井屋は、天神を代表する百貨店だった。とにかく高級というイメージがあり、子供のころなど、天神の磐井屋に行くというだけで、クラスの人気者になれるほどだった。とうぜん、普段着ではとても入れず、目一杯おめかしをして行くべき聖地だった。

わたしは、エレベーターに乗り、最上階にのぼった。そこは遊技場になっていた。ピンボールマシンが並んでおり、リーゼント頭の男性がゲームに興じている。端にはカエルや象の乗り物が、ぽつんと置いてある。これは十円玉を入れると電動でぐらぐら動きだすというものだが、いまは乗る者もなく、固まった笑顔が寂しげだ。遊技場から外に出ると、そこは太陽が降り注ぐ屋上だった。

磐井屋の屋上は、子供のための広場になっていた。広場には幅の狭い線路が、運動会のトラックのように敷いてある。その上を走るはずのミニ新幹線は手持ちぶさたらしく、発着駅に停まったままだ。運転士らしき中年男性は、箒《ほうき》を手にしたおばさんと談笑していた。ソフトクリームやジュースを売る店も出ていたが、どこも暇そうだった。

　磐井屋には、両親に連れられて来たことがある。小学校の一年か二年のときだったと思うが、久美や紀夫がいっしょだったかどうかは、憶えていない。そのころ、久美が福岡の病院に入院した時期があるので、その見舞いの帰りに立ち寄ったのかも知れない。そのときの母はいつもより化粧が濃く、衣服にはナフタリンと香水の匂いが染みついていた。わたしもよそ行きの赤いスカートと白いタイツを穿かされたが、父だけはいつもの背広姿だった。レストランでは、生まれて初めてパンケーキを食べた。世の中にこんな美味《おい》しいものがあったのかと、子供心に衝撃を受けた。そして屋上にあがり、異世界のような都会の光景に、圧倒されたのだ。

　わたしは、ミニ新幹線の線路をまたぎ、広場の真ん中を横切り、金網のフェンスに近づいた。金網を両手でつかむようにして、顔を寄せる。眼下は、明治通り。しかしあのころと、光景は一変していた。たしか、すぐ前に屋根瓦《やねがわら》の低い建物があり、オカメの顔の看板が掲げてあったはずだ。いまは、磐井屋よりも高い、白銀のビルが聳えている。ステンレスアルミニウムで縁取りされた未来的なビルは、紛れもなく福岡ビルだった。どうして、こんなところにあるのだ？　あの建物はどこにいった？

　一瞬、頭の中が混乱する。

そうだった。学生のころにはすでに、中央郵便局は取り壊され、福ビルが建っていた。昔の建物が残っているなどと、どうして錯覚したのか。

わたしは、目を閉じて、頭を振った。

あのときは、父に肩車され、ここから下を覗いた。あまりの高さに怖くなり、父の髪にしがみついた。父は、痛い、痛いと言いながら、笑った。わたしは、父の笑い声が嬉しくなり、怖さを忘れて、何度も髪を引っ張った。父は、悲鳴をあげながらも、ほんとうに楽しそうだった。当時、久美の病状が思わしくなく、危険な状態になっていた。父の憔悴《しょうすい》は激しく、家にいても滅多に笑わなくなった。わたしはわたしなりに、父を元気づけようと必死だったのだ。それでも父の目の中には依然として、病室で苦しむ久美の姿が映っているのを察し、わたしは悲しくなった。父にとっては、わたしより久美のほうが大事なのだと、最初に思い知らされた瞬間だった。

「どうした、ねえちゃん。失恋か」

天から降ってきたような声に、振り向いた。

頭に鉢巻きをした男が、金網にもたれ、好奇心丸出しの目で、わたしを見ていた。さっきソフトクリーム売場で、暇そうにしていた男だった。

わたしは、鞄を胸に抱きしめた。男が、持っていた紙コップを、差し出す。オレンジジュースが入っていた。

「サービス」

男の目元に、人なつっこい笑みが浮かぶ。

わたしは受け取った。オレンジ色の液体が、小さく揺れる。迷ってから、男に返した。首を横に振った。

男が、困ったような顔をして、コップを受け取る。

「育ちがいいねえ」

「失礼します」

わたしは頭をさげてから、足早にその場を離れた。福ビルから照り返してくる日光と、男の視線を背中に感じながら、屋上を後にした。


磐井屋を出て、立ち止まった。人通りは絶えることなく続いている。自動車はクラクションを鳴らして、押し合っている。また路面電車がやってきて、電停に入った。単両のワンマンカーだ。ドアが開くと、乗客が溢れ出てきて、喧噪が激しくなった。わたしは、目に見えない何かに押し流されるように、歩き始めた。

騒音。人の声。クラクション。路面電車の警笛。歩いているだけで、音の洪水に呑まれる。

息を吸うと、排気ガスが肺を満たす。

頭が重くなってきた。足を踏み出すたびに、痛みが増してくる。小さな薬局を見つけ、頭痛薬を買った。さらに歩くと、純喫茶があった。飛びこんで、コーヒーを注文する。お冷やで、頭痛薬を二錠飲んだ。店内には、流行のフォークソングが流れている。その音楽さえ、耳に障った。頭痛はまだ治まらない。頭痛薬をさらに二錠、コーヒーで流し入れた。

しばらくすると、心臓が高鳴り始めた。まるで自分の心臓ではないように、勝手に鼓動が速くなっていく。じっと座っていられなくなり、コーヒーを半分以上残したまま、喫茶店を出た。

鞄を胸に抱え、大股で歩いた。行き過ぎる人が、ぎょっとしたような顔で、わたしを見る。何かが肩にぶつかった。わたしはよろめいたが、かまわず歩き続けた。

「こら、気いつけんか！」

男の怒声が、背後に聞こえた。わたしは振り返らなかった。

西大橋に出た。緩やかな弧を描いて那珂《なか》川にかかる、全長百メートルほどのこの橋を渡ると、日本有数の歓楽街、中洲《なかす》だ。対岸には、大きなネオンサインが隙間なく並んでおり、壁に貼られたポスターを思わせる。

橋の真ん中で、足を止めた。息は弾み、胸元には汗が滲《にじ》んでいた。橋の欄干に鞄を載せ、那珂川の流れに目をやる。ボートに乗っている人がいた。若いアベック。楽しそうに笑っている。

死んじゃおうか。

寒気に襲われた。肩を丸め、拳を握りしめた。震えが止まらない。深呼吸を繰り返す。少しずつ、落ち着いてくる。息を、深く、吸った。目をあげ、ゆっくりと、吐き出す。

死ぬことなんかない。こんなことで、死ぬことなんかないんだ。何度も自分に、言い聞かせる。

「あ……」

頭痛が消えていた。何かのスイッチが入り、かかっていた靄が、一瞬にして晴れたような感じだった。いつもの自分に戻った。そう実感できた。

あらためて、深呼吸をする。

藤堂操の財布からお金を抜いたのは、事実であるから仕方がない。しかし、自分の懐に入れたわけではないのだ。あくまで、龍洋一のためなのだ。教師として浅はかな行為だったかも知れないが、人の道に外れたことをしたわけではない。それに売店の盗難事件では、わたしは無実なのだ。それが立証されれば、わたしのとった行動も、きっと理解してもらえる。

わたしは、人から蔑《さげす》まれるようなことは、何もしていない。

まずは、売店の盗難事件で、わたしの無実を証明することだ。そして、それができる人間は、この世に一人しかいない。

わたしは、少しずつ力が湧《わ》いてくるのを感じた。口元を結び、博多駅に向かって、足を踏み出した。


龍洋一の自宅は、修学旅行の前日にも訪れたことがある。彼の父親は漁師だったが、酒の席で喧嘩に巻きこまれ、左目を刺されて失明し、船に乗れなくなった。しばらくは知人の鉄工所を手伝っていたらしいが、一年と続かなかったという。その後は仕事もせず、酒浸りになり、そしてある夜、何者かに呼び出されたきり、帰ってこなかった。筑後川に遺体があがったのは、一週間後。地元は大騒ぎになり、明けても暮れても、この話題が途切れたことはなかった。当時十五歳だったわたしでさえ、学校で級友といっしょに、あれこれと想像を働かせ合ったものだ。結局、自殺ということで処理されたように記憶している。残された妻は、そのあと何回か再婚と離婚を繰り返したらしい。これは、わたしの母が隣人と噂しているのを、立ち聞きして知った。現在は女手ひとつで、長男の洋一と、長女を育てている。これも噂の域を出ないが、長女は三回目に結婚した男の連れ子で、洋一と血の繋がりはないそうだ。

龍洋一の自宅は、大川市の中でも、古い住宅が密集している区域にあった。こぢんまりとした平屋の木造で、家全体が茶褐色にくすんでいた。曇りガラスのはめこまれた引き戸の上には、羽虫のこびりついた常夜灯がさがっている。

わたしは、深呼吸をしてから、引き戸を少し開けた。顔を近づけ、

「ごめんください」

家の中に向かって、声を投げた。息を詰めて反応を待った。声は返ってこなかったが、人の気配が感じられる。

もう一度叫んだ。

「ごめんください」

足音が聞こえた。

薄暗い奥から現れたのは、龍洋一だった。よれよれのチェックのシャツに、膝までのズボン。裸足《はだし》だった。わたしを見て、目を丸くした。

「また来たのかよ」

板張りの床にあがっているぶん、ただでさえ背の高い龍洋一が、さらに大きく見える。わたしは、威圧感を覚えながら、龍洋一を見あげた。

「きょう、どうして休んだの？」

「気分が悪かった」

「学校に連絡した？」

龍洋一が、そっぽを向く。

「お母さんは？」

「出かけてる」

わたしは、小さく息をついた。

「ちょっと話があるんだけど。入っていいかしら」

龍洋一が、無言でうなずく。

わたしは、敷居をまたぎ、龍家に足を踏み入れた。入ったところは狭い土間になっており、汚れた運動靴やサンダルが、脱ぎ散らかしてあった。わたしは、少し迷ってから、引き戸を閉めた。外部の音が遮断され、静かになった。思ったより暗い。

悲鳴をあげそうになった。柱の陰から、十歳くらいの女の子が覗いていた。おかっぱ頭。顔は小さくて逆三角形。柱に縋るように添えられた腕は浅黒く、棒きれのように細い。着ているものは、丸首のシャツに綿のパンツだけ。子供とはいえ、玄関先に出てくる格好ではない。

しかしわたしの身体を強ばらせたのは、その女の子の発する、異様な圧力だった。その圧力の源は、顔に似合わぬほど大きな目。丸々とした黒目が、瞬きを忘れたように、わたしを凝視している。顔に動きはなく、まるで仮面だった。その仮面が、ただひたすら、わたしを見ている。

わたしは、女の子に向かって、笑みをつくった。

「こんにちは」

女の子が、無表情のまま、大きな目を龍洋一に向ける。

「学校の先生だよ。心配しなくていい」

龍洋一の声は、別人のように優しかった。女の子の口元が、わずかに緩む。龍洋一を見つめる目に、十歳の女の子には似つかわしくないほどの、艶が煌《きら》めいた。

「向こうに行ってな」

女の子が小さくうなずき、柱の陰に消えた。足音は聞こえなかった。

「妹さん？」

龍洋一が、ああ、と答える。

「わたしにも妹がいるの。五つ下のね。小さいころから病気がちで……」

龍洋一が、ポケットに両手を突っこんだ。背中を丸め、立ったまま壁にもたれる。家全体が、鈍く振動した。龍洋一が、自分の足もとを見た。

「話ってなんだよ」

「修学旅行の旅館で起きた、あの件なんだけど……」

龍洋一は反応しない。

「先生にだけは正直に言って。売店からお金を盗んだの、龍君なの？」

「だったらなんだよ」

苛立った声で言って、口元を曲げた。

「……そうなのね、認めるのね」

龍洋一が、顔をあげた。挑むような目を、向けてくる。

「ああ、認めてやるよ。金を盗ったのは、俺だ」

「どうしてそんなことしたの。先生、信じてたのに！」

わたしは思わず叫んだ。

龍洋一が、目を剝いた。唇が、頬が、震えだす。

「名乗り出てちょうだい。龍君が黙っていると、先生がお金を盗ったことになってしまうの、犯人にされてしまうのよ。学校も辞めなきゃいけないのよ！」

「なんで……」

「あなたを庇うために、先生が盗ったってことにしちゃったの。でなけりゃ、いまごろあなたが、警察にいたかも知れないのよ」

「じゃあ、なんで今になって、名乗り出なきゃいけないんだ。俺が警察に捕まればいいのか」

「旅館は、警察には通報しないって言ってくれてる。でも学校はそうはいかないの。校長先生を納得させないと、わたしが……」

　龍洋一が、鼻を鳴らし、顎を突き出した。蔑むような目で、わたしを睨む。

「どうしてそんな顔するの、ちゃんと聞きなさいっ！」

腕を思い切り伸ばし、龍洋一の頰を張った。狭く暗い空間に、肉を打つ音が響いた。

龍洋一が、頰を手で押さえる。

わたしは、はっとして、右手を握りしめた。

　荒々しい足音がした。目をあげる。白いものが躍りかかってきた。顔に爪《つめ》が食いこんだ。さっきの女の子。あの女の子が、わたしにつかみかかっているのだ。犬歯を剝き出した口から、神経を切り刻むような甲高い声が噴き出した。わたしは、歯を食いしばり、力任せに突き飛ばす。女の子が、土間に落ちて転がった。やめろ。龍洋一が叫ぶ。腕をつかまれ、壁に押しつけられた。背中を強打し、息ができなくなる。目の前が暗くなる。声を漏らしながら、息を吐く。力を緩めると、肺に空気が入ってきた。視界が明るくなる。龍洋一の顔が、荒々しい男の顔が、鼻の先にあった。

泣き声が響きわたった。龍洋一がわたしの腕を放した。背を向け、女の子を抱きあげた。胸に抱きしめ、女の子の耳元で何かを囁《ささや》く。泣き声が、少しずつ小さくなった。龍洋一の背中に、女の子の細い腕が巻きついた。

「……ご、ごめんなさい、急に飛びかかられたから、つい」

龍洋一が、首を回して、わたしを見あげた。女の子も泣き止み、大きな黒目を、わたしに向ける。二人とも、背すじが冷たくなるほど、憎しみのこもった目をしていた。

「帰れよ」

龍洋一が、女の子を抱きかかえたまま、土間からあがった。

「こんど来たら、殺す」

振り向く素振りも見せず、奥に入っていく。

わたしは、土間に立ちつくした。もう一度、龍洋一が出てきてくれるのではないか。淡い期待を抱いて待っていたが、無駄だった。あきらめて、外に出た。ミニサイクルのハンドルに手をかけたところで、足が動かなくなった。引っ掻《か》かれた頬を触ってみる。指に血が付いた。薬が切れてきたのか、また頭の奥が痛みだした。

「誰かと思ったら、あんたかい」

背後からの声に、心臓が跳ねた。

龍洋一の母、龍みよ子が立っていた。

龍みよ子の顔は、やや下ぶくれで、年相応の弛《たる》みはあるものの、小さくて厚い官能的な唇や、大きな目、茶色に染められたパーマ髪が、女という性を強く匂わせていた。フリルのついた黄色いワンピースには、真っ赤なハイビスカスが咲き誇っている。

「きょうは何の用？」

龍みよ子が、腰に手をあて、顎を引いて、わたしを睨んだ。その目からは、敵意というより、心の奥底まで見透かされているような恐怖を感じさせた。あんた、性根が腐ってるね、人間のクズだよ。そう言っているように思えて、仕方がなかった。

「いえ、なんでもないんです。失礼します」

わたしは頭をさげ、ミニサイクルを押した。

「そうそう。あんた、修学旅行先の旅館で、お金をネコババしたんだってね」

足が止まった。振り向いた。

「そんな怖い顔しないでよ。あたしゃちょっと安心したんだからさ。あんたみたいにお高くとまっている女も、結局はあたしらと同じ、うす汚れた人間だってわかってさ」

わたしは、前に向き直り、ミニサイクルにまたがった。腰を浮かし、ペダルに全体重をかけた。何も考えず、腕を張って、ペダルをこいだ。龍みよ子の高笑いが、後ろから追い抜いていった。

わたしは、家に帰るなり、台所で茶碗に水道水を満たし、頭痛薬を四錠、流しこんだ。いつもより早い帰宅を訝《いぶか》る母には、風邪気味なので早退してきた、明日も休むかも知れない、と告げた。修学旅行先でお金を盗んだことにされ、処分が決まるまで自宅謹慎することになったとは、言えなかった。言えば、わたしを質問攻めにし、怒り、嘆き、泣いてしまうだろう。そして父も知るところとなる。自宅謹慎させられるような娘を、父がどう思うだろうか。想像するだけで、怖かった。

わたしは、仏前に座ることも忘れ、自分の部屋にあがり、着替えもせず、ベッドに伏せた。

龍洋一は、自分がお金を盗ったことを認めた。しかしそれを、わたしの口から言うことはできない。本人が名乗り出なければ、意味はないのだ。

わたしは、目を閉じ、夢想する。

龍洋一が、みずから校長室に出向き、すべてを告白する。自分が売店のお金を盗った。川尻先生は、自分を庇ってくれただけだ。だから罰するのなら、自分を罰して欲しい。そう涙ながらに訴える。こうなっては田所校長も、わたしを重く処分するわけにはいかない。口頭注意が、せいぜいだ。わたしは、藤堂操に謝罪し、四千円を返す。美談が公となった以上、藤堂操も怒ることができない。それに彼女には、例の成人雑誌を私物化したという弱みもある。いざとなったら、そのことを仄《ほの》めかしてやってもいい。きっと彼女は、顔を赤らめて、わたしの機嫌を損ねないよう努力するに違いない。佐伯俊二からは、あらためてデートに誘われる。わたしは、佐伯俊二の変わり身の早さに幻滅を感じながらも、誘いを受け入れるだろう。そうしてすべては丸く収まる。何事もなかったかのように、ふたたび日常生活が回り始める。

手で顔を覆った。口から声が漏れた。

そうなるはずがないことは、よくわかっている。きょうの龍洋一の様子を見ても、自分から名乗り出てくれるとは思えない。残された道は、懲戒免職のみ。この田舎社会で、事件を起こして学校を辞めさせられた女教師が、どうやって生きていけるというのか。いや、学校を辞めるのは、かまわない。しかしそれを、父に知られることが耐えられない。

わたしは小さいころから、一所懸命に勉強した。学校でいい成績を取れば、父が喜んでくれる。父に誉めてもらえる。認めてもらえる。それがなにより、励みになった。久美から父を取り返すには、父にとって理想の娘になるしかない。そう思っていた。だから大学に進学するときも、ほんとうは理学部に行きたかったのに、父の希望どおり、文学部を受験したのだ。そして卒業後も、父の言葉に従って、自宅から通える中学校の教師になった。

わたしは、父の期待にことごとく応えてきた。理想の娘のはずだった。しかし結局、勝ったのは久美だった。父は帰宅すると、仏前に座る前に、まず久美の顔を見るため二階にあがる。身体の様子を尋ね、優しい言葉をかける。しかしわたしには、笑いかけてさえくれない。

遠い昔、あの磐井屋の屋上で聞いた笑い声が、記憶にある最後だった。あの笑い声をもう一度聞くために、わたしは頑張ってきた。もしこれで、問題教師として免職されたら、わたしの十五年に及ぶ努力は、無駄になってしまう。


誰か助けて。神様……


わたしの名を呼ぶ声がした。

階下から、母が呼んでいる。

「松子、学校から電話だよ！」

翌朝、わたしはいつものように、金木淳子と渡し船でいっしょになり、登校した。船の上の金木淳子は、ずっと喋っていた。いつも以上に明るく振る舞っている感じで、少し無理をしているように思えた。もしかしたら、盗難事件の噂を耳にして、わたしを元気づけようとしてくれたのかも知れない。

きのう、学校からかかってきた電話は、翌朝登校するように、という呼び出しだった。かけてきたのは、杉下教頭。処分が決まったのか、とのわたしの問いには、来ればわかる、という返答だった。

ゆうべ、生まれて初めて、心の底から神様に祈った。それはわたしにとって、新鮮な体験だった。少しだけ心が、軽くなったような気がした。もしかしたら神様が、ほんとうに助けてくれるかも知れない、とさえ思った。学校からの電話を受けたとき、それは確信に変わった。

何かが起こったのだ。

職員室で、教員の好奇の眼差しに晒されてから、校長室に入った。校長室には、田所校長のほか、杉下教頭と、もう一人、背の高い男子生徒が……。

それが龍洋一だとわかったとき、わたしは快哉《かいさい》を叫びそうになった。そら見ろ。奇跡は起きたのだ。龍洋一がとうとう真実を告げたのだ。神様が助けてくれたのだ。

わたしは、身体の奥から湧きあがる歓喜を、抑えることができなかった。自然と笑みが、浮かんでいた。

田所校長が、椅子から立ちあがる。

「川尻先生、龍君から、すべて聞きました」

「はい」

わたしは、胸を張って応えた。

「私は恥ずかしい。あなたのような人を、この学校に迎えてしまったことが」

田所校長が、苦《にが》りきった顔で言った。

わたしは、最初の興奮が、急に醒《さ》めていくのを感じた。得体の知れない不安が、膨れてくる。

「……何のお話をされているのですか」

杉下教頭が口を開く。

「川尻先生、あなたは、ここにいる龍君に、自分の罪を被ってくれるよう、脅したそうじゃないですか。わざわざ自宅まで出向いて」

「え……」

「そしてその際、妹さんを突き飛ばして、怪我《けが》をさせたそうですね」

わたしは、杉下教頭の顔を見つめた。田所校長、そして……。龍洋一は、床の一点を凝視して、微動もしない。

「川尻松子さん」

田所校長が、重々しく言った。

「盗難事件を起こすだけではなく、その罪を自分の生徒に被ってもらおうとするとは、あなたにはまったく失望させられました。これほど卑劣な人間だとは思いませんでした。しかも、それが叶《かな》わないと知るや、逆上して関係のない女の子に暴行を加えるとは。教師として、いえ、社会人として、失格だと言わざるを得ません」

「いえ、違うんです。これは……龍君、ほんとうのことを言ってちょうだい！」

「まだそんなことを！　きょう来てもらったのは、辞職願いを出してもらうためです。懲戒免職にすることもできますが、あなたの将来を考えた結果、せめてもの恩情として、みずから辞職してもらうことにしました」

「待ってください、そんなはずは……」

「話はそれだけです」

田所校長が、背を向け、窓の前に立つ。

「君はもう教室に戻りなさい」

杉下教頭が、龍洋一に言った。

龍洋一が、足早に出ていく。最後まで、わたしと目を合わそうとしなかった。

わたしは、校長室を出た。足がもつれそうになり、壁に手を突いた。

職員室は、静まり返っていた。佐伯俊二は、机に片肘をつき、校長室に背を向けている。わたしがすぐ後ろに立っても、無視を決めこんでいた。

わたしは、職員室を出た。

職員用の下駄箱の前に、金木淳子が立っていた。教室から走ってきたのか、息を切らせている。さかんに瞬きをする目が、まっすぐわたしを見た。

「先生、いま、友達に聞いたんですけど……」

そこで言葉に詰まった。

「おっと」

通用口から声がした。見ると、三宅満太郎が登校してきたところだった。小脇に鞄を抱え、右手をズボンのポケットに突っこんでいる。その顔が、一瞬、にやけた。

わたしは、目を伏せた。

スリッパに履き替える慌ただしい気配に続き、ぺたぺたという足音が、職員室に向かう。

三宅満太郎が遠ざかるのを待ったのか、金木淳子が口を開いた。

「先生、龍君に罪を着せようとしたって、ほんとなんですか？」

いまにも泣きだしそうな目で、わたしを見る。

わたしは、その幼い顔を張り倒したい、という衝動に襲われた。

「先生？」

わたしは、唇の片端を吊りあげた。金木淳子に、見くだすような視線を投げる。

「ほんとうよ。このままだったら、先生、学校にいられなかったから」

金木淳子の目に、涙の玉が膨らんだ。背を向ける。足を踏み出す。手で目元を擦《こす》る。だんだんと早足になる。駆けだした。角を曲がり、見えなくなる。泣き声が、聞こえてきた。

なんということを言ってしまったのか。十五にもならない子を傷つけ、その様を見て快楽を感じている。金木淳子は、わたしを信じてくれていたかも知れないのに、あの子だけは、わかってくれたかも知れないのに、わたしは自分から、拒絶してしまったのだ。

どろどろとした感情を引きずったまま、自転車置き場に向かった。ミニサイクルを引き出したが、またがる気力はなかった。ミニサイクルを押して、一歩一歩、歩みを進める。

校門を出るとき、振り返った。校舎の窓という窓から、生徒や教員たちが、わたしを見おろしていた。何かがぷつんと切れた。

馬鹿馬鹿しい。

鼻が鳴った。堪《こら》えられないほど、笑いの衝動がこみあげてくる。

ミニサイクルのサドルにまたがった。腰を浮かし、しゃかりきになってペダルをこいだ。口を開けて笑った。登校途中の生徒たちが、目を丸くしていた。

筑後川を渡り、家に帰りつくと、ミニサイクルを横倒しにしたまま、家にあがった。母はいなかった。いつもの朝市に出かけたらしい。

わたしは二階に駆けのぼり、修学旅行に使った黒革の旅行鞄を引っぱり出した。そこに、下着類や衣服、化粧品など、身の回りのものを詰めこむ。そして郵便貯金通帳と印鑑。ここに、成人祝いにもらった十万円の定期が入っている。これが当面の生活費となる。机の中をひっかき回していたら、古い封筒が出てきた。中に入っていたのは、わたしの成人式の写真。あまりよく写っていないので、気に入ってはいない。しかし、なんとなく置いていく気にはならず、これも鞄に放りこんだ。

「姉ちゃん?」

ドアのところに、久美が立っていた。相変わらずのパジャマ姿。カーデガンは羽織っていない。

「姉ちゃん、どうしたの？　学校は？」

　わたしは、鞄に荷物を押しこめながら、

「学校はもう辞めるの」

　久美が、うそ、と呟いた。

「どうして……お父さんに相談したの？　その荷物は何なの？」

「うるさいわね。さっさとベッドに戻って、自慰でも何でもしてなさい！」

　わたしは叫んでから、手を止めた。ゆっくりと首を動かし、久美を見あげる。

　久美は、顔を真っ赤にして俯き、唇を嚙んでいた。まっすぐ下ろした両腕の先で、拳が震えている。

　わたしは、妹が恥辱に耐える姿を見ても、かわいそうだとは思わなかった。むしろ、言い得ぬほどの快感を覚えた。ざまあみなさい。心で呟いた。

　わたしは、鞄のチャックを閉め、取っ手をつかんで立ちあがった。

　久美が顔をあげた。

「姉ちゃん、どこ行くの？」

「出ていくのよ」

「どうして！」

久美が、わたしの目の前に立ちはだかった。両手を重ね、胸にあてている。

わたしは、無視して、久美の横を抜けた。

「やめて、姉ちゃん、お願いだから！」

久美が後ろから、わたしの腕をつかんだ。

わたしは振り返り、久美を睨みつけた。久美の指が、わたしの二の腕に食いこんだ。痛いほどだった。この細い身体のどこに、こんな力が残っていたのか。久美の唇はへの字に曲がり、妬《ねた》ましいほど美しい目は、大きく見開かれている。

わたしと久美は、声も出さず、身動きもせず、睨み合った。


こいつのせいだ……。


「放しなさいっ！」

わたしは腕を振りほどいた。両腕を伸ばし、久美の身体を思い切り突いた。久美が悲鳴をあげ、ベッドに倒れた。わたしは鞄を放り出し、久美に馬乗りになった。細い首に手が伸びた。両手で包みこむように、久美の首をつかんだ。親指を喉元《のどもと》に重ねた。

「姉ちゃん……」

　久美が目を剝いて、わたしを見あげた。口元が震えだす。目に涙が溜《た》まってくる。わたしの親指に、力が入った。久美の喉から、嘔吐《おうと》するときのような、嫌な音が漏れた。久美が両手で、わたしの腕を握った。久美の足をばたつかせた。わたしは、親指に体重をかけた。久美が目を閉じた。眉間に苦しげな皺が寄った。顔が赤黒くなった。目尻から涙が零《こぼ》れた。わたしの腕から久美の手が離れ、布団に落ち、音をたてた。

　わたしは我に返った。久美の首から、手を放した。久美が、舌を突き出して咳《せ》きこんだ。目を閉じたまま、べそをかきだした。悲痛な慟哭《どうこく》にあわせて、細い身体が痙攣《けいれん》した。わたしは、ベッドをおりた。心臓が暴れていた。

　もう少しで久美を殺すところだった。いったい、わたしは……。

「姉ちゃん、いやだあ！」

　久美が、泣き喚いた。

　わたしは鞄を拾い、部屋を出て、階段を駆けくだった。

「松子、どうしたの。あれ、久美の声じゃないの？」

　母が、両手に野菜を持ったまま、玄関に立っていた。ただごとではないことを察したのか、目が忙しなく動いている。

わたしは答えずに、靴を履いた。

「ちょっと松子、なに、その荷物？　待ちなさい！」

母が鞄をつかんだ。わたしは鞄を引っ張った。母が前のめりに倒れ、土間に突っ伏した。動かなくなった。

わたしは息を呑んだ。

母が、唸りながら、身体を起こす。

わたしは、ほっと息をついた。

「ごめんなさい。探さないでね」

家を飛び出た。倒れていたミニサイクルを引き起こした。鞄をかごに押しこもうとしたが、大きすぎて入らなかった。かごの上に載せ、片手で押さえることにした。

「姉ちゃん！」

二階の窓から、久美が叫んでいた。顔は猿のように紅潮し、涙でぐしゃぐしゃだった。

わたしは、ミニサイクルに乗って、走りだした。もう筑後川は渡らない。早津江橋を渡ろう。それから、もっと遠くへ……。

角を曲がると、近所の主婦が、井戸端会議の最中だった。わたしを見て、急に声を潜めた。

わたしは、ペダルに力をこめて、彼女たちの脇を通り過ぎた。

近所のおじさんが、家の中から出てきた。子供のころ、よく遊んでもらった人。わたしに気づくと、ぎょっとした顔で、

「おい、松ちゃん！」

と声をあげた。

わたしは、さよなら、と叫んで、走り続けた。

第二章　流転

1

　松子伯母の遺品を処分した翌日、俺と明日香は府中《ふちゅう》市に出向いた。あの男の落としていった聖書に、教会の住所が印字されてあり、それが府中市だったのだ。俺は警察に通報しようとしたのだが、明日香に止められた。明日香は、

「あの人が松子さんを殺すはずがない」

　の一点張りで、俺が、

「そりゃ明日香の思いこみだよ。聖書読んでる人間が、みんな善人ってわけじゃないんだぜ。警察だって、あの男を追っているじゃないか」

　と反論を試みるも、

「刑務所を出たばかりだからって、疑うのはかわいそうでしょ」

と却下された。

結論として、この聖書を教会に届け、あの男について尋ねることになった。もしかしたらそこで、牧師になっているかも知れない。かつて罪を犯した人が、キリスト教に目覚めて牧師になる。ありそうな話だ。

尖塔《せんとう》の上に十字架が立っているような建物を想像していたが、ぜんぜん違った。四階建てのこぢんまりとした雑居ビルで、二階の窓枠に大きく「友愛イエス・キリスト教会　府中支部」と書かれていなければ、誰も教会があるとは思わない。

一階はガラス張りのショールームになっていて、電動ベッドや移動式便器などの介護用品が並んでいた。「こまやかな愛情をサポートします、介護用品のアキモト」と看板がぶら下がっているので、教会とは関係なさそうだ。

ショールーム脇のドアを開けると、階段が見えた。郵便受けに記された名前を見るかぎりでは、教会は二階部分のみらしい。三階と四階には、聞いたことのない会社が入っている。

俺と明日香は、湿った匂いのする階段をのぼった。

二階の扉は内側に開いていた。板張りの扉には、「友愛イエス・キリスト教会」と記されたプラスチック製の札と、「お気軽にお入りください」という手書きの貼り紙が出ていた。

俺は、戸口に立って、中を覗きこんだ。リノリウム床の十畳くらいの部屋だ。学校の会議室にありそうな長机が二台、中央に固めて置いてある。壁際には、折り畳まれたパイプ椅子が寄せてあった。天井の照明は消えている。正面の壁には、もうひとつ扉。この向こうにも部屋があるのだ。

「すみませーん！」

背後の明日香が、声を張りあげた。俺は振り向き、口に人差し指を立てた。

「わたしたち、泥棒じゃないでしょ」

「そりゃそうだけど……」

「どうぞ、お入りください」

声に振り向くと、奥の部屋に通じる扉が開き、銀縁メガネをかけた男性が立っていた。白髪混じりの髪は七三に分けられ、黒いマントのような服を着ていて、左手には聖書らしき本を携えている。見まごうことなく、牧師だった。

「こちらは、初めてですか？」

「ええ、まあ……」

「この奥が礼拝所になっています。ご自由にお祈りなさってください。神様のことでお話しになりたいのなら、なんなりと私に……」

顔に笑みを絶やさず、近づいてくる。さあどうぞと、右手を奥の部屋に向けた。

「いや、あの、俺たちはそうじゃなくて……」

明日香が、前に進み出た。例の聖書を差し出す。

「この聖書、こちらのものですよね」

牧師が、聖書に目をやる。失礼、と言って、明日香から聖書を受け取った。見返しを開ける。

「そうですね。これは確かに、ここで使っているものです」

牧師が、聖書を明日香に返す。

「この聖書、ある男の人が、落としていったものなんです」

「落とし物？」

「背が高くて、痩せ型で、顔が縦長で、四十代半ばくらいの」

「麻の帽子を被ってました」

俺も、記憶を辿《たど》って言った。

「その方が、なにか？」

「探しているんです」

牧師が首を傾げた。

「名前はわからないのですか？」

明日香が、首を横に振る。

牧師が、もう一度聖書を見せてください、と言った。

明日香が、聖書を手渡す。

牧師が、奥付を開いた。両眉が、すっと上がる。

「これはたぶん、教会が府中刑務所に寄贈したものです。間違いないでしょう。二十年前につくったものです。私は、一年ほど通って、お話をさせていただいたことがあるのです」

明日香が、大きくうなずく。

「そのとき、刑務所にいた人の中に、落とし主がいるのだと思います。この聖書、こちらで預かっていただけませんか。落とした人にとって、この聖書はとても大切なものだと思うんです。もしかしたら、ここの教会のことを思い出して、こちらに来るかも知れません」

「わかりました。私が責任をもって、お預かりします。ただし、あまり期待はしないでくださいね」

牧師が、困ったような顔をした。

「ここと刑務所は目と鼻の先ですから、出所した方は、近づきたがらないかも知れません」

俺は、明日香と顔を見合わせた。それから牧師に向かって、

「そのう、神様に頼んで、ここに連れてきてもらうってわけにはイッ！」

明日香が、俺の足を踏んづけた。

牧師が、目を丸くする。

明日香は、ちょっと目を伏せてから、

「すみません、失礼なことを言って」

牧師が、首を横に振った。どういうわけか、とても楽しそうだった。

「あれ？　ちょっと待った」

俺は、思わず声を漏らした。

「どうしたの？」

「この聖書、府中刑務所に寄贈したものなんですか？」

「そうですよ」

「それがどうかしたの？」

「だってさ、刑事の話だと、あの男は一カ月前に、小倉刑務所を出たってことだったろ。どうして府中刑務所の聖書を持っていたんだ？」

明日香が、あ、そうか、と呟いて、

「府中刑務所にも、居たことがあるのかな」

「あるいは、府中刑務所に居た誰かから、譲ってもらったか」

そのあとの言葉が出てこない。

「あの……」

牧師が、口を挟んだ。

「よろしければ、お祈りなさってみませんか。きっと神様が、助けてくださいますよ」


礼拝所は、手前の部屋に比べると広かった。窓のカーテンは閉めてあり、天井の蛍光灯が点っている。正面に演壇があり、壁にはイエスの十字架像がかかっていた。演壇の脇には、古めかしいオルガン。どこかで見たことがあると思ったら、小学校の音楽室にあったオルガンに似ているのだ。

イエス像と相対するように、長机が四台ずつ、二列に並んでいた。それぞれの机に、パイプ椅子が三脚ずつ、配置してある。部屋にはステンドグラスもなく、賛美歌も流れていない。空気の抜けるような音がしたと思ったら、天井近くのエアコンが、冷風を吐き出し始めた。

先客は二人いた。

一人は後ろ姿しか見えないが、中年の女性らしい。いちばん前の机に座り、両手を組み合わせ、頭を垂れている。ぶつぶつとお祈りを唱える声が、ここまで聞こえてくる。

もう一人は営業マン風の三十歳くらいの男性で、いちばん後ろの机についていた。上着は隣の椅子の背もたれに掛かっており、ワイシャツには汗が滲んでいる。目は閉じられているが、筋の通った高い鼻や、端整な口元からすると、かなりの好男子のようだ。机の上の聖書に左手を添え、背すじを伸ばして黙想する姿からは、威厳すら感じる。

悲鳴が聞こえた。

いちばん前に座っていた女性が、組んだ両手を高く掲げ、机に頭をこすりつけ、泣き叫んでいた。何を言っているのかは、聞き取れなかった。日本語ではないようだ。スーツ姿の男性は、眉ひとつ動かさない。牧師はというと、相変わらずにこやかな顔で、どうぞ、とやっている。そのあいだも、女性の叫んでいるのか祈っているのかわからない声が、部屋中に響いている。

俺は、いたたまれない気分になってきた。帰ろうぜ、と言いかけて明日香を見ると、明日香はすでに椅子に座り、両手を組んで、頭を垂れていた。

俺は、明日香の耳に口を近づけ、

「なにやってんだよ」

明日香は答えず、

「神様、あの人に、もう一度会わせてください。お願いします」

ふざけている様子はなく、真剣に祈っているのだ。牧師を見ると、満足げな顔でうなずいている。仕方がないので、俺も椅子を引いて座り、明日香を真似て両手を組んだ。目を閉じても神には祈らず、祈ってなんとかなるくらいなら苦労はねえや、と罰当たりなことを考えていた。

中年女性は相変わらず、泣き叫んでいる。

勘弁してくれよ、と毒づきながら明日香の横顔を見ると、まだ目を閉じていた。

一心に祈っている様子。

さっきみたいに唱えていないので、何を祈っているのかはわからないが、よくもそんなに祈ることがあるものだ。女ってのは欲張りなんだな、と思っていたら、明日香の瞼がわずかに開いた。睫毛の先が、白く光る。明日香が、指で目を擦った。顔をこちらに向ける。目が赤かった。

「笙、お祈りは済んだ？」

ちょっぴり鼻声。

「あ、ああ……」

「行こうか」

明日香が、立ちあがった。

俺と明日香は、あらためて牧師に自己紹介し、連絡先を伝えた。明日香に言われて気づいたが、牧師は俺たちの名前を尋ねなかった。牧師は、増村《ますむら》と名乗った。

俺たちは、教会を出たあと、どこに行くともなく、駅前の商店街を歩いた。

平日の昼下がり。通りを歩いているのは、いかにも主婦といった女性が多い。

「明日香、ひとつ聞いていいか？」

「なに？」

「どうしてそこまで、松子伯母さんのことを気にするんだよ」

明日香は、俯き加減に歩くばかりで、答えない。しかしその眼差しには、妙な力を感じる。

「川尻松子って人は、俺にとっては伯母さんだし、生まれ育った土地も同じだけど、明日香にとっては無関係の他人だろ。殺されてかわいそうだって気持ちは、理解できるけどさ」

「……自分でも、よくわからない」

明日香が、小さな声で、言った。しばらく黙ってから、深く息を吸い、吐いた。

「でも、さっき教会でお祈りして、吹っ切れたような気がする」

「は……？」

俺はもどかしさを感じた。どこか会話が、かみ合っていない。

「笙、神様って、ほんとうにいると思う？」

俺は足を止めて、明日香を見つめた。

明日香も、立ち止まった。

「あたしね、神様って、自分の心の中にいるんだと思う」

俺は、明日香の額に掌をあてた。

明日香が、俺の手を除けた。

「ふざけないで、真面目な話なんだから」

「教会で神様の声でも聞こえたのか」

「たぶん、あそこに神様がいるわけじゃない。礼拝所は、自分の心と素直に向き合って、心の声を聞く場所なんだと思う。そうすれば、悩んでいたことへの答えが、自然と頭に浮かんでくる」

自分に言い聞かせるような口調だった。

「明日香、なんか悩んでたの？」

「笙！」

「ど、どうした？」

「あたし、家に帰る」

「へ？」

「この夏は笙といっしょにいるって約束したけど、やっぱり帰省する」

「なんで……」

「いまは、うまく言えないけど」

「んなこと、急に言われたって……」

俺は唇を突き出し、すねた顔をしてみせた。

「ごめん」

明日香がしおらしく、頭をさげる。いつもならここで、何か言い返してきたはずだ。

「あの男のことは？」

明日香の目に、笑みが浮かぶ。

「もういい」

「………」

「だって、神様に任せちゃったから、もうすることないでしょ」

そして、優しく包みこむような声で、

「ごめんね」

と言った。

ぜんぜん、まったく、明日香らしくなかった。

そういうわけで明日香は、その日のうちに手荷物をまとめ、翌朝の新幹線で長野に帰ってしまった。

俺は、明日香を東京駅で見送ったあと、ホームの自動販売機でコーラを買って飲み、缶をゴミ箱に捨ててから、階段をおりた。改札口を出たところの柱に、京都の大文字焼きのポスターが貼ってあった。俺は、その柱に背中をあずけ、ずりずりと腰を落とした。人の流れを、ぼんやりと眺める。地方から上京したと思《おぼ》しきコギャルの太股や、闊歩《かっぽ》するお姉さんの剝き出しになった背中を見ても、何も感じなかった。

夏休みは明日香と遊びまくるつもりだった。バイトも辞めてしまったので、することがない。あらためてバイトを探せばいいのだが、気が乗らない。八月の後半に海洋生物学IIの集中講義が入っているので、それまでには戻ってくるというが、あと一カ月ある。

左隣を見た。煙草の吸い殻が落ちていた。立ちあがって、蹴飛《けと》ばした。吸い殻が、床を転がって、止まった。

なに考えてんだよ、明日香の奴。

俺が明日香と最初に言葉を交わしたのは、大学に入って間もないころ、生化学Iの講義の最中だった。

その日も俺は、講師の話を適当に聞き流していたが、隣に座った、ちょっと地味で小柄な女の子は、真剣な目を黒板に向け、猛然とノートを取っていた。

（この子と仲良くなっておけば、試験のときにノートをコピーさせてもらえるかも）

と不埒《ふらち》なことを考えた俺は、ちらと彼女のノートを覗いて、目を剝いた。

なんとノートはすべて、英語で書かれていたのだ。これが英語の授業ならば、それほど驚かなかっただろう。しかし生化学なのだ。未知の専門用語が次から次へと出てくるのだ。それを英語で書き留めるには、生化学の知識にかなり精通している必要がある。少なくとも通常の高校レベルでは、追いつかないはずだった。

俺は、こいつ何者だ、と言わんばかりに、その横顔を見た。

視線を感じたのか、彼女が目を向けてきた。

俺は思わず、

「君、帰国子女なの？」

彼女は、きょとんとした顔で、

「違います。長野生まれの長野育ち。どうしてそんなことを？」

「だって、英語でノートを取ってるから」

「ああ、これはただ、このほうが楽だから」

「楽……なの？」

「漢字より早く書けるし、単語数も少なくて済むでしょ」

「へえ……すごいね」

「慣れたら、誰でもできますよ」

「でも専門用語なんかは……」

「こら、そこ。静かにせんかっ！」

たちまち講師の怒声が飛んできた。

俺は、やべ、と肩をすくめた。

彼女は、と見ると、ぺろりと舌を出し、いたずらが見つかったときの、小さな女の子のような笑みを浮かべていた。

講義が終わってから、あらためて自己紹介した。そのあと学生食堂で一時間ばかり、英語の習得方法や大学の印象について雑談した。もちろん、電話番号を聞くことも忘れなかった。その後も何度か、食事をしたり遊んだりして、夏休みの直前に、恋人と言える関係になり、いまに至っている。

しかし考えてみれば、俺は明日香のことを、まだよく知らない。実家が長野にあるということのほかは、兄弟が何人いるのか、どういう子供時代を過ごしたのか、両親が健在なのかどうかも知らない。明日香と付き合って一年以上になるし、数え切れないくらいセックスもしたけど、他人とそれほど変わらないのだ。

俺は、蹴飛ばした吸い殻に背を向け、歩きはじめた。

ナンパでもして、この夏だけの遊び相手を見つけようか。そう思ってあたりを見回したが、ほかの女がジャガイモかサツマイモに見える。そんなに美女でもない明日香の顔が、どうしてこう目の前にちらつくのか。俺は、自分を浮気者だと思っていたが、あんがい誠実なのかも知れない。

駅舎から外に出た。湿った熱気が、アスファルトから立ちのぼってくる。足を止めた。目の前は、タクシー乗り場になっている。その向こうには、車、バス、タクシーがひしめく大通り。見あげるようなビルが、排気ガスと熱気を堰《せ》き止めている。そして、絶えることのない人、人、人の流れ。

（東京……なんだよな）

福岡から上京して、二回目の夏。去年の今ごろは明日香と付き合っていたから、一人で過ごす東京の夏は初めてになる。

親父と上京したときのことを思い出した。佐賀空港から飛行機に乗れば一時間半で済むところを、親父の飛行機恐怖症のため、新幹線で一日がかりの旅だった。その日はビジネスホテルに泊まり、翌日からアパート探しのため、不動産屋を回った。大学への通学が可能で、バス・トイレ付きで、家賃の安い物件を探したが、見つからなかった。そんな物件ありませんよと、不動産屋に笑われたこともあった。都心部の家賃の高さに蒼白《そうはく》になった親父の横顔は、いまでも目に焼きついている。仕方なく予算を上乗せして、西荻窪にあるアパートを見つけた。実際に部屋を見て、これなら女の子を連れこめると踏んだ俺は、即決したのだった。

地方から出てきたばかりの親子が、右往左往しながらアパート探しに奔走する姿は、微笑ましくも滑稽《こっけい》だったに違いない。俺も親父も、東京に圧倒されまいと精一杯、気を張っていたのだ。その俺も今では、いっちょまえの東京人ヅラしている。

(親父、泊めてやればよかったな)

三日前の自分の言動を、ちょっとだけ後悔した。

俺は、ふたたび歩いた。赤信号で止まり、雑踏に押されてまた歩く。いま立ち止まっても、行き交う人は平気で俺をなぎ倒し、身体を踏みつけて歩き続けるんじゃないか。

鼻を鳴らして笑った。あらためて一人で上京して、いよいよ東京での一人暮らしが始まったころも、こうやって東京駅の周りをうろついては、同じことを思った。東京の雰囲気を味わいたいのなら、渋谷や池袋や新宿を歩けばいいようなものだが、田舎から出てきたばかりの俺にとって、博多行きの新幹線が出ている東京駅だけは、故郷と糸一本で繋がっているような気がした。これだけの人間が生きている街に、自分と関《かか》わりのある人間が一人もいないというのは、解放感とも寂しさとも違う、奇妙な体験だった。

あっと声を漏らした。

そうとは限らない。

もしかしたら、俺が上京したころには、松子伯母が東京に住んでいたかも知れないのだ。どこかですれ違っていた可能性もある。お互い血の繋がりがあると気づかないまま。

「川尻松子……か」

松子伯母は、いつから東京に住むようになったのだろう。やはり最初は、一人で上京したのだろうか。それとも、あの同棲していたという男といっしょだろうか。初めて東京の街を目《ま》の当たりにしたとき、何を思っただろう。少なくとも、この街で自分が殺されることになるとは、夢にも思わなかったろうに。

他人同然だと思っていた松子伯母だが、荒川を見て泣いていたことを聞かされてからは、そうはいかなくなった。俺だってあの光景を見たら、故郷の筑後川を思い出して、たまらない気持ちになる。

いったいどんな人生を送ったのだろう。

明日香に影響されたのかも知れないが、松子伯母のことをもっと知りたいという気持ちが、膨らんできていた。しかし、失踪以後の松子伯母の消息を知っていそうな人間は、あの男しかいない。松子伯母と同棲したあと、殺人で服役し、最近になって出所したという男。

神様の悪戯《いたずら》としか思えないような出会い方をしてしまったが、俺が人殺しだと指さしたときの男の顔は、忘れられない。ほんとうにショックを受けた人間だけが、あんな顔をするのではないか。大切な聖書を落とし、それを拾う余裕もないほど、精神的な衝撃が大きかったのだ。

彼の聖書には、かなり読みこまれていた形跡がある。自分の罪を悔い改め、生まれ変わろうと必死になっていた矢先に、過去の大罪を指弾されたのだとしたら……。

俺はひょっとしたら、とんでもなく残酷なことをしてしまったのではないか。良心の呵責《かしゃく》とまでは言わないが、あの男に再会できたときには、まずひとこと謝らなくては。

それにしても、あの男が松子伯母を殺していないとしたら、あんなところで何をしていたのだろうか。たまたま荒川の堤防で、聖書を読んでいたとき、俺たちと遭遇したのか。

たぶん、俺が口にした「川尻松子」という名前が耳に届いたのだろうが、なぜ、あんな必死の形相で俺たちに近づこうとしたのか。

もしかしたらあの男は、松子伯母を探していたのではないか。そう考えると、あの男の行動は納得できる。

あの男と松子伯母のあいだに、どんな経緯があったのかは、見当もつかない。あの男の犯した殺人事件に、松子伯母が関わっていたのかどうかも、わからない。しかし、あの男は、いまも松子伯母を探している。すでに死んでしまったとも知らないで。俺には、そう思えて仕方がなかった。

あの男を探そう。

俺は決めた。

手がかりは、あの聖書だけ。キリスト教に目覚めたのなら、どこかの教会に出入りするようになるのではないか。

「まてよ」

あの男が松子伯母を探していて俺たちと遭遇したのなら、向こうもあらためて、俺たちを探そうとするのではないか。あの男は、俺たちが何者なのか知らないはずだ。俺たちとの接点があるとすれば……。

俺は、立ち止まった。

振り向いた。サラリーマン風の男が、怒ったような顔をして、俺を避けていく。

俺は、雑踏の上流を向いて突っ立ったまま、呟いた。

「荒川の堤防しかないじゃん」

2

昭和四十六年十二月

マネージャーが、わたしの履歴書から顔をあげた。黒々とした髪は、艶やかに撫でつけられている。小柄で顔が小さく、頬も痩《こ》けているが、目だけはぎらぎらと輝いていた。目尻は垂れているが、愛嬌《あいきょう》は微塵もなく、逆に猜疑心《さいぎしん》の塊のような印象を与える目だ。

マネージャーが、口をへの字に曲げたまま、わたしを見据えた。粘りのある視線が、わたしの全身を舐める。

わたしは、沈みこんでいきそうなソファで、身体を硬直させた。毛先だけを外側にカールした髪型は流行遅れだろうか。アイシャドウは濃すぎただろうか。セーターにジーパンという格好は場違いだったろうか。膝の上で組み合わせた両手に、力が入った。

「あんた、学校の先生だったの？」

声は掠れて甲高く、女性的でさえあった。

わたしは、黙ってうなずいた。膝はまだ、震えている。

「一年ちょっとで辞めてるけど、どうして？」

「いろ……いろいろとあって」

「そのあとで、博多のパーラーでウェイトレスを半年やって、いきなりこの仕事に来るわけ？」

「お金が欲しいんです」

「男？」

わたしは目を伏せた。

「多いんだよねえ、そのパターン。男にこういうところで働けって言われたんだ」

マネージャーが、履歴書をテーブルに放った。履歴書が、ガラス板の上を滑ってから、止まった。マネージャーが身体を反らし、ソファの背もたれにあずける。革の擦れる音がした。

わたしは、息を吸ってから、目をあげた。

「違います。わたしは、自分で決めたんです」

マネージャーが、嘲《あざけ》るように鼻を鳴らす。

「それにしたってさ、ふつうはホステスあたりを経験してから、こっちに流れてくるもんだけどね。ずいぶんと振れが激しいというか、選択が極端なんだよね」

「わたし、接客は苦手なので……」

「うちも接客業だよっ」

マネージャーが、背もたれから身体を浮かした。身を乗り出してくる。

「あんた、ここがどういう職場かわかってるの？　お客様に奉仕して、ひたすら気持ちよくなってもらう場所なのよ。ただセックスすればいいってわけじゃないのよ。おれはこの商売を究極のサービス業だと思ってる。誇りにさえ思ってる。わかる？　甘く見てもらいたくないわけよ。まあ、マナーやサービスの仕方は習えばいいんだけどさ、心構えが間違ってると、どうしようもないからね」

涙が滲んできた。

「男ってのは、これ？」

マネージャーが、人差し指で自分の頰を撫でた。

「……なんですか？」

「ヤクザかって聞いてんの」

「ち、違います。真面目な人です」

「堅気？」

わたしはうなずいた。

マネージャーが、ため息をつく。

「それなら考え直しなさいよ、悪いことは言わないから。第一、こんなところで自分の女を働かせるなんて、ろくな男じゃない。要するにヒモだろ。スジ者ならともかくさ。早く別れたほうが、あんたのためだよ」

「だめなんです」

「なにが？」

「わたし、どうしてもこの仕事をしないといけないんです」

マネージャーが、貫くような視線を放ってきた。

「じゃあ服脱いで」

心臓が大きく跳ねた。

「ここで……ですか？」

「そうだよ。あんたにどのくらいの商品価値があるのか、見るんだよ。さあ、早く脱いで。下着も全部だよ」

マネージャーが、顎をしゃくった。

わたしは、ソファから立ちあがった。足がもつれて、背もたれに手をついた。背すじを伸ばして立つ。マネージャーの目に、好奇の色が浮かぶ。

わたしは、目を瞑ってセーターを脱いだ。下はよれよれのブラウス。その下はブラジャーだけだ。セーターをソファに放ってから、震える両手を、ブラウスの胸元に持っていく。しかし、ボタンに触れることができなかった。せりあがってくる嗚咽を堪えるのが、やっとだった。

「裸が恥ずかしいようじゃ、商売にならないんだよ。さあ、さっさと脱いでよ。そのあとでいろいろと教えることもあるんだから」

わたしは、最初のボタンを外した。胸元に風が流れこんだ。次のボタンも外す。胸元がはだけ、ブラジャーがのぞく。

何かの気配が迫ってきた。反射的に胸元を閉じた。顔をあげる。目の前にひどい顔の女がいた。マネージャーが、鏡を持って立っていた。

「ようく自分の顔を見てみろよ。口元震わせて、目え泣き腫《は》らして、鼻水垂らして、見られたもんじゃねえ。そんな顔で、客が満足すると思うか？」

「でも、わたし……」

「不合格」

マネージャーが、鏡をおろした。

「これはおれ流の試験なの。ここで唇しっかり結んで、威勢よく素っ裸になって、どうだって胸張ったら百点満点。実際、そうやった子は、ナンバーワンになってる。最後までどうしても脱げなくて泣きだしても合格。こういう子は細やかな神経の子が多いから、仕こみ方次第で大化けする。最低なのが、あんたみたいに見てくれもへったくれもなく、ヤケクソで脱いじゃうタイプ。たいてい客と問題を起こして、警察沙汰にしちまう。これ、この商売じゃ最大のタブーなわけよ。あんたみたいに、ウェイトレスからいきなりこの仕事に飛びこんでくるような女は、あぶなくって使えないってこと」

マネージャーが、鏡をテーブルに置いた。ソファに腰を落とす。

「あんた、自分じゃプライドをかなぐり捨ててきたつもりかも知れないけど、まだ駄目だね。中途半端な覚悟で来られちゃ、迷惑なだけなんだよ。こっちだって暇じゃないんだから。帰りな」

わたしは泣きながら、ブラウスのボタンをはめた。セーターを頭から被った。脇に置いてあった灰色のジャンパーを手に取り、ドアに向かう。

「忠告しとくけど」

振り向いた。

「ここで落ちたからって、よそに行かないほうがいいよ。素人《しろうと》大歓迎で、とにかくセックスしてりゃいいって店もあるし、元中学の女教師ってだけで両手をあげて歓迎するだろうけど、そういうところは客層も悪いし、粗末に扱われる。早い話が使い捨てにされて、結局あんたがぼろぼろになるだけだ。下手したらシンガポールあたりに売り飛ばされちまうよ。日本人は高く売れるから」

マネージャーが、唇の端を歪める。

「あんた、最初にうちに来て、運がよかったんだよ。いまどきのトルコ嬢は競争が激しくて、テクニックを一通り身につけるだけでも大変なんだぜ。その覚悟ができないうちは、こういう店に来ないことだ」

マネージャーが、ポケットから煙草を取り、口にくわえた。

「それ、自分で編んだの？」

「え？」

「セーター、いま着てるやつ」

「はい」

「器用なんだな」

「いえ……ありがとうございます」

「話はそれだけ。帰りな」

わたしは、マネージャーに向き直った。両手を前で重ね、頭をさげてから、事務所を後にした。

建物の外に出ると、どこからかクリスマス・ソングが、漏れ聞こえてきた。夕暮れどきの乾いた風が、汗をかいた身体に冷たかった。わたしは、ジャンパーに袖を通した。男物なので、お尻まで隠れて、暖かかった。

ちょうどそのとき、ボールライトに縁取られた看板に、灯《あか》りが入った。「トルコ白夜」という文字が、夕闇《ゆうやみ》に浮かびあがる。それが合図だったかのように、ほかの店のネオンサインも、灯り始める。もの寂しげだった路地が、光躍る別世界に変わった。客らしき男の姿が、遠くに見える。一方通行の標識が目に入った。隣の電柱に張り付けられているのは、カワシマ性病科医院とやらの琺瑯《ほうろう》看板。少し離れた場所には、新開店トルコ嬢募集の立て看板。素人大歓迎とある。あらためて見たら、「トルコ白夜」には、トルコ嬢募集の貼り紙さえなかった。「素人大歓迎」の店にも行ってみようか。

「もう……いやだ」

わたしは顔を伏せ、歩いた。

国体道路と呼ばれる大通りに出た。渋滞する車の騒音に、顔をあげる。ほっと息を吐く。

中洲には、学生のころに何度も足を運んでいる。友人と映画を観たり、喫茶店でおしゃべりを楽しんだりした。しかし国体道路から南側の、南新地《みなみしんち》と呼ばれる一帯には、足を踏み入れたことがなかった。

わたしは国体道路を、博多駅に向かった。前から若い女性が歩いてきた。値の張りそうな毛皮に身を包み、肩にルイ・ヴィトンのバッグを提げている。茶色く染められた長い髪が、歩みに合わせて揺れている。大きく踏み出される脚の先には、赤いハイヒール。車のヘッドライトの列が、後光のように彼女を包む。わたしは、すれ違ったあと、その後ろ姿を目で追った。彼女は、わたしが出てきた路地を、堂々と入っていった。

わたしは、合い鍵を使って、暗い部屋に入った。徹也《てつや》は戻っていなかった。居間の電灯の紐を引くと、冷たい光が四畳半を照らした。ドアのすぐ脇にある流しには、ラーメン用のどんぶりと、片手鍋が突っこんである。どんぶりにはスープが残っており、片手鍋のそこには麵《めん》の切れ端がこびりついていた。

わたしは、スープを流しにあけた。スポンジに洗剤を垂らして、どんぶりと片手鍋を洗い、布巾《ふきん》で水気を拭く。赤くなった手を口にあて、ほうと息を吹いた。

板間に、原稿用紙が散らばっていた。わたしはしゃがみこんで、一枚を手に取った。「僕はここで重大な告白をしたい」という出だしで始まる文章は、五行目の途中で切れていた。余白には鉛筆で殴り書きされた×印。ほかの原稿も似たり寄ったりだった。わたしは、原稿を拾い集めた。居間の窓が音をたてた。カーテンの端が揺れている。わたしは、原稿を手にしたまま、畳敷きの居間に入った。居間には押入がついているが、襖は染みだらけで、大きな裂き傷がある。狭く寒い部屋だが、わたしにとって唯一の居場所だった。

カーテンを手で除けると、窓が少し開いていた。ここから風が吹きこみ、炬燵の上の原稿を飛ばしたらしい。わたしは窓を閉め、ネジ鍵を差しこんで回した。回すたびに、がたがたと窓が鳴った。窓の外は雑木林になっていて、いまは漆黒の闇に包まれている。その向こうに幼稚園があり、昼間は子供たちの声が、ひっきりなしに聞こえてくる。

原稿をきれいに揃え、炬燵の上に置いたとき、ブザーが鳴った。ドアにはめこまれた模様ガラス越しに、人影が見える。

「どちら様？」

「岡野《おかの》です」

張りのある若々しい声が返ってきた。

わたしは急いでドアを開けた。

岡野健夫《たけお》は、仕事帰りらしくスーツ姿で、手に鞄を提げていた。スマートな長身に、ベージュのコートが似合っている。わたしの顔を見るなり、笑顔を浮かべた。

「やあ。どうしたんだい？　おめかしして。出かけるところ？」

わたしは、首を横に振った。

「帰ってきたんです」

「八女川《やめかわ》君は？」

「皆さんの集まりじゃなかったんですか」

「きょうは同人の集いはなかったはずですよ」

「え……」

不意に沈黙が訪れた。

「あの、どうぞ、おあがりになってください。すぐに戻ってくると思いますので」

岡野健夫は、腕時計をちらと見てから、

「そうさせてもらいます。きょうは冷えましたね」

靴を脱いで、部屋にあがった。

わたしは、炬燵のコンセントを差しこんだ。

「どうぞ」

「では、失礼して」

岡野健夫が、炬燵に入る。

わたしは、薬缶に水道水を入れ、火にかけた。それからようやくジャンパーを脱ぎ、居間の端に畳んで置いた。

「いまお茶をいれますから」

「かまわんでください」

岡野健夫が、さっきまで畳に散らばっていた原稿の束を手に取った。いちばん上の原稿に、目を向ける。原稿用紙をめくりかけたが、二枚目にちらと目をやったきり、手を止めた。小さく息をついて、束を元あった場所に戻す。

「彼、書いてますか？」

顔をあげ、笑みを浮かべた。

「……ええ」

「あまり、はかばかしくないようですね」

岡野健夫が、原稿の束を見やった。

「本人は一所懸命なんです」

「アルバイトを辞めて、執筆に専念するんだって言ってましたけど、生活費はあなたが？」

わたしは、うなずいた。

岡野健夫の顔から、笑みが消えた。

「余計なお世話かも知れないが、これ以上彼を甘やかすのはおやめなさい。彼も駄目になるし、あなただってこのままでは……」

岡野健夫が、わたしの顔を見つめた。その目が鋭く光る。微かに首を傾げた。

「さっき、出かけてきたところだと言いましたけど、どこに行っていたのです？」

「その……仕事の面接に」

「どんな仕事ですか？　差し支えなければ」

わたしは、目を逸らした。

岡野健夫が、炬燵から出て、近づいてくる。

わたしは、横を向いた。

岡野健夫が、目の前に立った。

「まさかとは思いますが、松子さん、あなた、いかがわしい仕事をするつもりじゃないでしょうね」

わたしは、違います、と言いかけて、詰まった。

岡野健夫がため息混じりに、やっぱりそうですか、と言った。

「クラブのホステス？」

「いえ……」

わたしは、顔を伏せた。頰が熱を帯びてくる。

「まさか……トルコ風呂で働こうってつもりじゃないでしょうね」

「でも、それがいちばんお金になるから」

「馬鹿なことをするんじゃない！」

岡野健夫の怒声に、身をすくませた。

「でも、トルコ風呂がどんなところか、知っているのかい？」

「でも、そこはちゃんとしたお店なんです。きょう面接して、落とされたんですけど、明日、もう一度行こうと思います。マネージャーがしっかりした人で、わたし、ここならできそうだって……」

岡野健夫が、首を横に振る。

「君は世間を知らなさすぎる。そんな奴の言葉を真に受けるなんて」

「でも……」

「そいつは、他の店の悪口を言わなかったかい。よそに行ったら外国に売り飛ばされるとかなんとか。ここに来てよかったとか」

わたしは唖然《あぜん》として、岡野健夫を見つめた。

「そんなことだろうと思ったよ。いいかい、それは、君を他の店に行かせないための出任せなんだよ。きっと君の様子を見て、必ずもう一度来ると踏んだんだろう。一度帰して、ふたたび自分の意思で来るのなら、それだけ腹を括《くく》って仕事に精を出す。そこまで読まれてるんだよ」

頭の中が真っ白になった。

「八女川君が、そういう仕事をするように言ったのかい？」

黙って目を伏せた。

岡野健夫が舌打ちをする。

「八女川君にも困ったものだな。君、彼とは別れたほうがいい。君は頭もいいし、このままで終わる女性じゃない。はっきり言うけど彼はもう……」

「俺がどうかした？」

いつのまにかドアが開き、徹也が立っていた。細身のジーンズの脚を交差させ、わたしが買ってあげた黒いジャンパーのポケットに、両手を突っこんでいる。真ん中から左右に分けられた長髪が、肩に触れていた。狭い額の下の、少年のような目が、愉快そうに笑っている。赤い唇からは、愛嬌のある八重歯がのぞいていた。

岡野健夫の顔が紅潮した。右手をネクタイの結び目にもっていき、つまんだと思ったら、すぐに放す。

「いや、なんでもない。八女川君を待っていたんだ」

「ほんとう？　俺の悪口でも言い合ってたんじゃないの？」

徹也が、開けたままのドアに寄りかかって、岡野健夫を睨んだ。

「おかえりなさい」

わたしは、両手を揉みながら、言った。徹也が靴を脱ぎ捨てて、部屋にあがる。わたしは後ずさった。徹也が大股で近づいてくる。いきなりわたしを抱きすくめた。

「ちょっと徹也、岡野さんがいるのに、いや……」

わたしの口が、徹也の唇で塞がれた。冷たかった。アルコールの匂いがする。きつく抱きしめられ、息ができなかった。徹也が、狂ったように、わたしの唇をむさぼる。わたしは観念して、目を閉じた。

「八女川君、僕はこれで失礼するよ」

遠くで岡野健夫の声。わたしは心の中で、帰らないで、と叫んでいた。

徹也の口が、わたしから離れた。束縛が解けた。わたしは、腰が砕けたようにしゃがみこんだ。

「岡野さん、もう帰っちゃうの？　俺に何か用があったんじゃなかったの？」

徹也の朗らかな声が聞こえた。

「原稿の進み具合が気になって来たんだ。なにしろ八女川君は、僕の最大のライバルだから」

「おい松子、聞いたか？　岡野さん、俺のこと最大のライバルだってさ」

徹也が、笑いながら手を拍つ。

「でも安心したでしょ。ぜんぜん進んでいなくて」

「そんなことはないよ」

「嘘だね」

徹也の声が、低くなった。

沈黙が降りてくる。

それを破ったのは、徹也のけたたましい笑い声だった。機嫌のいい幼児のように手を叩き、わたしと岡野健夫の顔を交互に見る。

「なんだよ、二人とも辛気くさい顔をして。ねえ、岡野さん、もっとゆっくりしていけば。語り合おうよ、昔みたいにさあ」

「次の機会にするよ」

「あ、そうか。岡野さん、家で奥さんが待ってるんだよなあ。おい松子、ちょっと男前だからって、惚《ほ》れるなよ」

徹也の顔は笑っていたが、目には陰険な光が満ちている。

わたしは身体が強ばって、動けなくなった。

徹也が、わたしを見据えたまま、尻餅《しりもち》をつくように座りこんだ。にやりと笑ってから、壁に背をあずけ、頭を垂れる。いびきが聞こえてきた。

「八女川君、かなり酔っていますね。あなた一人でだいじょうぶですか？　松子さん？」

名前を呼ばれて、我に返った。岡野健夫の真摯《しんし》な眼差しが、わたしを包んでいた。いっしょにいてください。口に出かかったが、だいじょうぶです、と答えていた。

「彼も、飲まなければ、おとなしい男なんだが……気の弱い人間に限って、酔うと手がつけられないな」

岡野健夫が、ふうと息を吐く。

「また寄ります。僕がさっき言ったこと、よく考えてください」

そう言い残して、岡野健夫が帰っていった。

ドアが閉まる音と同時に、徹也のいびきが止まった。徹也が顔をあげて、岡野健夫の出ていったドアを見ている。

「けっ、偉そうに……」

「徹也、また寝たふりしてたのね」

「なんだよ、さっき言ったことって……」

「なんでもない」

徹也が、両脚を床に叩きつけた。

「なんでもないわけないだろう！　俺を子供扱いするなあ！」

「お仕事のことよ！」

徹也が黙って、わたしを見あげる。

「きょう、お店に行ってみたの。マネージャーって人と面接して……」

徹也が顔を伏せた。

「あいつに話したのか？　そのこと」

「聞かれたから」

「……軽蔑《けいべつ》してたか、俺のこと」

わたしは言いよどんだ。明るい声をつくり、

「そんなことないわ」

「どうせあいつにはわからない」

「なにが？」

徹也は答えなかった。自分の掌に目を注ぎ、口の中で独り言を繰り返している。名前を呼びかけても、返事をしない。

わたしは、気づかれないように、息を吐いた。狭い部屋を見渡した。ガスコンロの火が点

いたままだった。薬缶の口から、蒸気が噴き出す。蓋がかたかたと音をたてる。わたしはぼんやりと、その様を眺めていた。荒々しい足音が聞こえた。何かがわたしの視界を遮った。徹也の背中。かちりと音がして、お湯の沸く音が消える。徹也が、火を止めたのだった。

「店はいつから?」

徹也が、背を向けたまま言った。

「それがね、徹也……。わたし、不採用だって。この仕事、向いてないって」

徹也が振り向く。

「それで?」

「それでって?」

「それで帰ってきたのか」

「だって……」

頬を張られた。倒れて、畳に這い蹲《つくば》った。目の前の床に、徹也のつま先が見えた。靴下の親指のところが、破れている。忘れないように縫ってあげなきゃ。とっさにそんな考えが、頭に浮かんだ。

「明日、別の店に行くんだろ」

徹也の声が、頭上から響く。わたしは、徹也を見あげた。

「わたし、やっぱりいや……ああいう店で働くのは」

徹也が、しゃがんだ。笑みを浮かべ、わたしの頭を撫でる。

「どうしたんだよ。きのうは自分から行きたいって言ったじゃないか」

徹也が、わたしの髪をつかんだ。

「岡野か……あいつに何か言われたんだな」

徹也の声に、獰猛さが加わった。

「違う。岡野さんは、わたしや徹也のことを心配して、いやあっ！」

頭を床に押しつけられた。

「徹也、やめて、お願いだから……」

徹也の手が離れる。

わたしは両手を突いて、身体を起こした。髪が前に垂れて、視界を遮った。

「あいつは、サラリーマンしながら文学をやっている中途半端な野郎だ。文学に人生を捧《ささ》げている俺といっしょにするな」

わたしは喘ぎながら、うなずいた。

「おまえ、岡野を庇うようになったよな。あいつに何かされたのか。俺がいない間に、二人で……」

徹也の言葉が途切れた。

嫌な静寂が続く。

「岡野と寝たのか、そうなんだな」

わたしは必死に頭を振った。

「わかったぞ、きょう店に面接に行くとか言って、ほんとうは岡野と会っていたんだろう、そうなんだろう！　畜生、みんなで俺を馬鹿にして嗤《わら》っていたんだろう！　畜生、畜生、畜生っ！」

荒々しい足音。はっとして、髪をかきあげた。徹也の腕が、薬缶に伸びていた。

「徹也、だめっ、それは！」

徹也が悲鳴をあげた。取っ手をつかんだ手が、跳ねあがる。薬缶が宙に浮かぶ。一回転して蓋が飛んだ。さっきまで沸騰していた湯が、生き物のように噴き出す。わたしは両手で顔を覆った。絶叫。金属音が響きわたる。静かになった。

顔から手を除ける。湯気がたちこめていた。床に薬缶が転がっていた。徹也がしゃがみこんでいた。左手で右手を握っている。いてえ、いてえよう。呻いていた。

「徹也！」

駆け寄ろうとしたとたん、足の裏に激痛が走った。声を漏らす。床に溜まっていた湯を踏んでしまったのだ。その場に倒れそうになったが、壁に手を突き、踏みとどまった。熱は靴下に染みこみ、肉を焼き始めている。わたしは歯を食いしばって、徹也のそばに腰を落とした。徹也はしゃがみこんだまま。丸めた背中から、呻き声が漏れてくる。わたしは徹也の右腕をつかんだ。掌を開かせようとすると、徹也がわたしの手を払った。唇を噛んで、わたしを睨む。わたしも、睨み返した。

「手を見せて」

「いやだ、松子のせいだぞ」

「いいから見せなさい！」

わたしが語気を強めると、徹也が渋々といった感じで、右手を差し出した。その表情は、ふてくされた子供だった。

掌は赤くなっていたが、取っ手をつかんだときの火傷《やけど》だけで、湯は被ってないようだった。

「水で冷やしたほうがいいわ。あとで油を塗ってあげる」

「油はいやだ。べとべとする」

「とにかく冷やさなきゃ」

わたしは、徹也を抱えるようにして立ちあがらせ、流しの前に連れていった。

「お湯、踏まないように気をつけてね。さっき、わたし踏んじゃったから」

徹也が、顔をわたしに向ける。

「だいじょうぶ。平気だから。さ、右手を出して」

わたしは蛇口をひねった。流れ落ちる水道水に、徹也の掌をあてた。

「松子、痛いよ、手が、手が……」

「我慢して。男の子でしょ」

間があった。

「男の子じゃない。男だ」

「そうだったね。徹也は、一人前の男だもんね」

徹也が俯いた。肩を震わせる。振り向く。目が潤んでいた。徹也が、何かを叫んで、跪《ひざまず》く。

腕をわたしの腰に回し、濡れたままの手で抱きしめてきた。顔をわたしの胸にうずめ、泣きじゃくる。くぐもった嗚咽が、服越しに伝わってきた。

「徹也……どうしたのよ」

「松子、なぜそんなに、優しいんだ？」

「……なに言ってるの？」

「俺、ひどい男だろ。才能はないし、暴力は振るうし、働きもしないし。松子に優しくされる価値なんかないのに、虫けらみたいな男なのに、松子はいつも……」

わたしは言葉に詰まった。何かに突き動かされるように、徹也の頭を抱きしめた。子供のような匂いのする髪に、頬を擦り寄せる。

「馬鹿ね、徹也」

嬉しくて、涙が出てきた。徹也はわかってくれている。それだけでじゅうぶんだった。

「俺を捨てないでくれ、俺、松子がいなくなったら、生きていけないよ」

「捨てるわけないでしょ」

「ほんとうに？」

「ほんとう。徹也にはわたしがついているから。なにも心配しなくていいから」

閉め忘れた蛇口から、水道水が流れている。わたしは、全身で徹也を感じながら、流れ落ちる水を見ていた。

徹也が寝息をたてはじめた。わたしは、徹也の身体を横たえた。流しに備えてあった手拭き用タオルを水道水で濡らし、徹也の右手を包む。徹也の寝顔が歪んだが、目は覚まさなかった。それから雑巾《ぞうきん》で、床に零れた湯を拭き取った。湯は冷えて水になっていた。雑巾を洗ってから、開きっぱなしだった蛇口を閉める。水の音が消え、静かになった。

わたしは、押入から布団を出し、畳の上に敷いた。黄ばんだシーツには、わたしの証《あかし》が、チョコレート色の染みとなって残っている。わたしは、後ろから徹也の両脇に手を入れ、畳の上を引きずった。布団に寝かせ、毛布を掛ける。徹也の目の周りには、涙の跡が光っていた。だらしなく開いた口から、涎《よだれ》が垂れる。わたしはそれを、指で拭った。徹也の唇に口づけしてから、立ちあがる。財布の中身を確かめ、徹也のジャンパーを羽織って、部屋を出た。

アパート周辺の路《みち》は、ほとんど未舗装だ。少し走ったところで小石を踏み、右足の裏から脳天に、激痛が突き抜けた。我慢できなくて、街灯の下で足を止める。そのとき初めて、自分がゴム草履を履いていることに気づいた。どうりで走りにくいはずだ。わたしは、足の裏を手で押さえた。目をあげると、白い街灯に羽虫が集っている。こんな寒い夜に、飛ぶ虫もあるのだ。

痛みは引きそうにない。息を吐き、また走り始めた。

アパートから五分ほど離れた場所に、踏切がある。遮断機がおりて、警鐘が鳴っていた。赤い警告灯が、警鐘と少しずれたタイミングで、明滅している。四両編成の電車が、徐々に加速しながら、目の前を通り過ぎていく。車内は光で溢れていて、吊革《つりかわ》につかまっている人のネクタイの柄が、はっきりと見える。電車が通り過ぎると、あたりが暗くなった。警鐘が鳴りやみ、遮断機が上がった。踏切を渡ったところに薬局があり、その店の前に赤電話がある。わたしは、赤電話の少し手前で立ち止まった。電話は、サラリーマン風の中年男性が使っている。赤ら顔で怒鳴っていると思ったら、いきなり受話器を置いた。馬鹿野郎、と電話に毒づいてから、わたしを見る。口元に卑屈な笑みを浮かべた。

「ああ、終わりましたんで、どうぞどうぞ」

男の視線が、わたしの足もとに落ちる。

「この近くに住んでいるの？　そんな格好で寒くない？」

男が馴れ馴れしく聞いてきた。

わたしは男を睨んだ。

男が口をへの字に曲げる。

「なんだよ、その目は。嫁のもらい手がなくなるぞ」

男が、捨て台詞《ぜりふ》を残して、駅に向かって歩いていった。足がふらついていた。

男の姿が角に消えてから、受話器を取った。財布から十円玉を出し、電話機に二枚入れる。

少し迷ってから、もう一枚追加した。

口の中で番号を暗唱してから、ゆっくりとダイヤルする。

呼び出し音が五回鳴ってから、がちゃりと音がした。

『もしもし。川尻です』

聞き覚えのある声に、息が詰まりそうになる。

「お父さん……」

受話器の向こうが、静かになった。

『姉ちゃん、なのか』

「……紀夫なの？」

『やっぱりあんたか、なんで今ごろ……』

電話すべきじゃなかった。悟ったが、遅かった。脳裏に徹也の寝顔を思い浮かべる。息を吸いこむ。

「会えない？」

ふたたび静寂。

「紀夫？」

『会ってどうするんだよ』

「話があるの」

『いまさら何を……』

「お願いだから」

沈黙が続く。

『一度だけだぞ』

「一度でもいい。佐賀駅でどう？」

『だめだ。そんな近くに来たら、近所の人に出くわすかも知れないだろう。俺がそっちに行く。いま、どこにいるんだ？』

「博多の……」

『どこだって？』

紀夫が声を荒らげた。

「磐井屋の屋上は？」

『変な場所を選んだもんだな。まあいい。明日は土曜日だったな。昼の二時ごろなら行ける』

「わかった」

『じゃあ切るぞ』

「待って……お父さんは元気？」

紀夫の息づかいが聞こえた。

『久美のことは聞かないのか？』

「久美がどうかしたの？」

『会ったときに話す。親父のこともな』

切れた。

アパートまでの帰り道を歩きながら、吐く息の白さに気づいた。右足の裏はじんじんと痛み、つま先は凍えて感覚がない。しかし身体が震えているのは、痛みや寒さのせいだけではなかった。

アパートのドアを開けたとき、わたしは息を呑んだ。

徹也が、こちらに背を向け、布団の上であぐらをかいていた。

わたしは努めて明るい声で、

「徹也、ごめんなさい、駅前まで電話をかけに……徹也?」

徹也は動かない。

わたしはあわてて部屋にあがった。右足の激痛を堪え、徹也に駆けよる。

徹也は俯いて、自分の右掌《みぎて》を見つめていた。掌には、赤黒いまだら模様が浮き出ている。

「痛むの?」

わたしの問いかけにも、徹也は答えない。

「どうしたの? どうして怒らないの? 勝手に出かけたのに」

「松子」

徹也が、右掌に目を落としたまま、静かに言った。

「もう家に帰れよ」

ぞっとするほど、穏やかな声だった。わたしは息を吸いこんで、徹也を見つめた。

「どうして……そんなこと言うの？」

「松子は俺といちゃだめだ。だめなんだよ」

「……何か、あったの？」

徹也が顔をあげた。白目が赤く濁っていた。笑みを浮かべる。

「俺はもういい」

「なにが？」

「もういいんだよ」

そう言って、ふたたび自分の掌に目を戻す。

わたしは怖くなって、徹也に抱きついた。力いっぱい抱きしめた。そうでもしなければ、徹也が消えてしまいそうな気がした。

徹也は、自分の掌から、目を離さない。わたしが抱きしめても、応えてくれない。

「どうしちゃったの？　ねえ、徹也！　お金なら、わたしがなんとかするから、絶対になんとかするから。お願いだから、そばに居させて、お願い……」

わたしは、徹也に縋って泣いた。

徹也は、なにも言わなかった。

翌朝目が覚めたとき、わたしと徹也は、ひとつの布団にくるまって寝ていた。温かだった。ずっとこうしていたいと思って、もう一度目を閉じたとき、紀夫との約束を思い出した。手を伸ばして時計を見ると、昼の十二時近い。あわてて布団から出ようとすると、徹也の腕が伸びてきた。抱き寄せられ、乳房をつかまれる。わたしは、のしかかろうとする徹也の耳元に囁いた。

「ごめん、徹也……仕事の面接に行かなきゃ。ほら、きのう電話をかけに行ったでしょ」

徹也にはめずらしく、あきらめがよかった。すぐに腕を緩めてくれた。目を閉じて、ふたたび布団にくるまった。

わたしは、徹也に嘘をついた後ろめたさを感じながら、布団を出て、身支度を始めた。

磐井屋の屋上に足を踏み入れたとたん、後悔した。土曜日の午後は、会社帰りの若いサラリーマンやOLが、デートスポットにしていることを忘れていた。流行の服に身を包み、恋人と談笑する同世代の女性たちが、眩しかった。わたしといえば相変わらず、徹也のお古のジャンパーだ。

わたしは、恋人たちの語らいを避けるようにして、金網の前に立った。半年前と同じ場所。しかしミニ新幹線のレールはすでになく、売店のあった場所には自動販売機が並んでいた。目の前に見える銀色の福ビルだけが、変わっていない。

「何の用だよ？」

声に振り向いた。

紀夫。黒のセーターに、灰色の背広。会うのは半年ぶり。痩けていた頬に肉が付き、貫禄さえ漂わせている。しかしその目からは、以前のような快活さが消えていた。

「久しぶりね」

わたしは、ぎこちなく笑みをつくった。

「早く用件を言ってくれ」

紀夫が仏頂面のまま、言った。

「お金、貸してほしいの」

紀夫が、横を向き、鼻で嗤う。

「困ってるの。少しでもいいから」

「あんたも女なんだから、いくらでも稼ぎようがあるだろう」

「紀夫！」

「大きな声を出すなよ」

「わたし……トルコ風呂の店に行ったのよ」

紀夫が、驚いたように目を向けた。

「でも、採用してもらえなかった。わたし、向かないんだって」

紀夫が、小さく息を吐く。

「そのジャンパー、男物だよな」

わたしは、うなずいた。

「いっしょに住んでいるのか」

もう一度、うなずいた。

紀夫が、周囲に視線を走らせる。

「ヤクザ？」

「違う。作家の卵。才能あるの」

紀夫が、鼻を鳴らした。

「そういうことか。じゃあ、俺の話を聞いてくれ」

紀夫が正面に向き直った。

「父さんが死んだ。あんたが出ていって三カ月後。蒸し暑い朝だった。便所の中で倒れていた。そのまま意識が戻らなかったよ。脳卒中だ」

「うそ……」

「それに久美」

「久美も死んだの？」

「久美に何をした？　あれから、頭がどうかなっちまった。医者の話じゃ、精神的なショックを受けたせいだっていうけど。いや、久美だけじゃない。母さんも老けこんでしまって……俺だって！」

紀夫が、拳を金網に押しつける。

「あげく、弟を呼びだして何の話かと思えば、金を貸せときた」

紀夫が、口元を歪めた。

「俺、結婚するんだ」

紀夫の声が、低く響いた。

「久美のこともわかってくれている。いっしょに住んでもいいって言ってくれているんだ。姉ちゃん、俺の言いたいこと、わかるか」

わたしは、首を横に振った。

「あの家には、二度と近づかないで欲しい。姉ちゃんはすでに、あの家をぶち壊した。あのあと、俺たちがどんな思いをしたか、想像つかないだろう。大野島を出ていこうか、本気で考えたくらいだ。父さんだって、それがもとで死んだようなもんだ。俺はもう一度、家族をつくりなおす。そこには姉ちゃん、あんたは邪魔なんだ」

「邪魔……」

「俺が言いたかったのは、それだけだ。姉ちゃんのことは、俺しか知らない。母さんはもう、姉ちゃんは死んだものと思って、あきらめている。いまさら苦しめるなよ」

「ちょっと待って」

「こうなることを選んだのは、あんたなんだ。野垂れ死にでも何でもするがいい。ただし、俺たちに迷惑をかけないようにしてくれ」

紀夫が、背広の内ポケットから、茶封筒を出す。

「どうせ、そんなことだろうと思ってな」

強引にわたしの手に握らせた。

「これで、姉弟の縁は切ったからな」

紀夫が、背を向け、去っていった。

わたしは、封筒の中身を確かめた。一万円札が五枚あった。

アパートに帰ると、徹也がいなかった。

布団は敷きっぱなしだったが、書きかけの原稿がなくなっていた。思い出した。土曜日の夜はいつも、同人の集まりがあるのだ。

わたしは、ジャンパーも脱がずに、暗い部屋の隅にうずくまった。目の前に並べた一万円札五枚を、ぼんやりと眺める。

なぜ涙が出ないのだろう。

あんなに好きだった父が死んだ。そのことを知っても、悲しいという感情が湧いてこなかった。衝撃を感じなかったわけではない。しかしそれは、どこかの国の大統領が暗殺されたと、ニュースで知ったときの衝撃と、同類だった。

頭の中で、父の顔を思い描く。笑っている父。怒っている父。優しい父。しかし、いくら思い浮かべても「悲しむ」ことができなかった。

時計の秒針の音が、耳に障った。

見ると、夜の十時を過ぎていた。

(徹也、遅いな……)

雨音に気づいた。

激しく打ちつけている。

昼間はあんなに晴れていたのに。

「あ……傘」

わたしは、一万円札をそのままにして、立ちあがった。きっと徹也は、駅で待っている。

足音が聞こえた。ブザーが鳴った。

「ごめん、徹也。いま迎えに行こうと……」

ドアを開けたところに立っていたのは、岡野健夫だった。広げたままの蝙蝠《こうもり》傘を手にしているが、髪は濡れてほつれていた。震える赤い唇からは、真っ白い息が噴き出している。足もとは泥水にまみれていた。

「徹也はまだ、帰ってませんが」

岡野健夫の顔が歪んだ。頬が痙攣した。

「松子さん……たいへんなことになった」

「どうしたんですか？」

「八女川君が……」

「え……」

「とにかく、いっしょに来てくれ、急いで！」

わたしは靴を履いた。傘を持って、部屋を出た。

「駅に……駅で……」

岡野健夫が涙声で、意味不明の言葉を繰り返す。

わたしは、傘を手に持ったまま、走った。泥濘《ぬかるみ》に足を取られ、転びかけた。岡野健夫が支えてくれた。岡野健夫に肩を抱かれるようにして、ふたたび走った。

路がアスファルト舗装に変わった。踏切が見えた。人だかり。傘の花がいくつも咲いている。

わたしは、その中に飛びこんだ。押すな、馬鹿野郎。罵声《ばせい》が飛んだ。通してあげてくれ、この人の知り合いなんだ。岡野健夫の声。

人だかりが二つに割れ、道ができた。わたしはその道を、落ちるように進む。次の瞬間、ぽっかりと空いた場所に、放り出された。警察官が何人もいた。立っている人、座っている人。みな黒っぽい雨合羽《あまがっぱ》を着ている。いっせいにわたしを見た。わたしの足が止まった。

「この人の知り合いなんです！」

背後から岡野健夫の声。

警察官たちが顔を見合わせる。

わたしは足を踏み出した。

目が地面に吸い寄せられた。

徹也の顔が見えた。顔しか見えなかった。首から下が、アスファルトに埋まっている。青白い頬が、雨粒に打たれている。

座っていた警察官が立ちあがった。わたしの前に、両手を広げて立ちふさがる。厳しい顔つきの、五十歳くらいの男性。

「見ちゃいかん!」

強い力が、わたしを引っ張った。わたしはされるがままに、その場を離れた。人だかりの誰も彼もが、わたしを見ている。

「松子さん……」

目の前に、岡野の顔があった。真っ赤な目から、涙が溢れている。わたしは、岡野健夫に抱き支えられていた。頭上の蝙蝠傘にあたる雨音が、冷たく響く。

振り返る。徹也の顔を見たあたりに、雨合羽が集まっていた。一人が地面に向かって、カメラを構える。フラッシュが光る。闇を裂く一閃《いっせん》の中に、徹也を見たような気がした。

目の前が暗くなる。

遠くで、岡野健夫の声が、聞こえた。

3

俺は、明日香を見送った足で、日ノ出町に向かった。

あの男と再会できるとすれば、荒川の堤防しかない。もしあの男が俺たちを探すつもりなら、必ず来るはずだ。

俺は、不動産屋に案内された道を辿り、ふたたび、ひかり荘の前に立った。

ひかり荘は相変わらず、ひっそりと建っていた。隣の新築中の建物では、何人も立ち働いており、ときどき威勢のいい声があがっているので、よけいにそう感じる。

なぜか、古ぼけたアパートを見ているうちに、亡くなった久美叔母さんのことを、思い出した。久美叔母さんは親父の妹だから、松子伯母にとっても、妹ということになる。生まれつき身体が弱かったらしく、いつもベッドに臥《ふ》せっていた。たまに俺が食事を運んであげると、穏やかな笑みを浮かべて喜んでくれた。丸顔に綺麗な目が印象的だった。体調のいい日には庭に出ることもあり、そんなときにはよく、ぼんやりと遠くを見ている姿を目にした。

久美叔母さんも、松子伯母を思い出すことがあったのだろうか。失踪してしまった姉を、どう思っていたのだろうか。考えてみれば久美叔母さんも、かわいそうな人だった。葬式のとき、久美叔母さんは星になったのだと、母が言った。なぜ母が泣いているのか、幼い俺にはわからなかったが、その日の一番星が、やけに大きく見えたことだけは、憶えている。

「よっ」

肩を叩かれた。ぎょっとして振り向くと、大倉脩二の髭面《ひげづら》があった。にたにたと笑っている。ランニングシャツにハーフパンツ。手にはコンビニのレジ袋。そこから頭を出しているのはコーラのペットボトル。二日前と違うのは、レジ袋にカップラーメンが入っていることくらいだ。貧相な食生活が透けて見える。

「どうした青年、忘れ物か？」

「別に」

俺は背を向けて、歩きだした。

気配が後ろから付いてくる。

「おまえ、目がウルウルしてるけど、泣いてたの？」

「んなわけないだろ」

「あの、おっかない女の子は？」

「あんたに関係ない」

「逃げられたわけか」

俺は振り向いて立ち止まった。

「逃げられたわけじゃねえよ、自分といっしょにするな！」

大倉脩二が、細い肩を揺すって笑った。

「何がおかしい？」

「そんなに突っかかんなよ。おまえ、いくつ？」

「十九」

「ガキじゃん」

「そういうあんたは？」

「人の歳なんて聞くもんじゃないよ。それより、なにやってんだよ？」

「関係ねえだろ」

「突っかかんなって」

俺は無視して歩いた。

大倉脩二はまだ付いてくる。レジ袋の擦れる音が耳障りだ。

「なんで付いてくるんだよ」

俺は歩きながら言った。

「荒川に出るのなら、こっちのほうが近いぜ」

俺は思わず足を止めた。

大倉脩二が、愉快そうに笑った。

「やっぱりそうか。おまえ、けっこう単純な」

俺は、顔面が熱くなった。走った。大倉脩二は付いてこなかった。

二日ぶりの荒川は、水位が少し上がっていて、水も濁っているように見えた。しかし荒川沿いの中断道路には、デジャビュを見るような光景があった。犬に散歩をさせている人、親子連れ、キャップを後ろ向きに被ったジョガー。緑地帯のサッカーグラウンドでは、地元の高校生がパスの練習をしている。青いジャージ姿の男は体育の教諭だろうか。しかしこの光景のどこにも、麻帽子を被った男の姿はなかった。

俺は、堤防の頂上で、ため息をついた。そんなにうまく行くわけないか。荒川に向かって、石段を降りる。あの男が座っていたあたりに、腰をおろした。荒川の流れを、ぼんやりと眺める。

「あぁあ、俺、なにやってんだか」

自己嫌悪の波に呑まれそうになったとき、背後に殺気を感じた。同時に、何者かの腕が首に巻きつき、喉を絞めあげられた。

「うげっ！」

立ちあがろうとしたが、押さえつけられてできない。喉が苦しくなる。目の前の光景が揺れる。息ができない。殺される。思った瞬間、腕が離れた。呼吸が楽になった。立ちあがった。目を剝いて振り返ると、またしても大倉脩二の髭面があった。両手で膝を叩いて笑っていた。レジ袋は持っていない。

「いや、わりぃわりぃ。なんかおまえ見てると、ちょっかい出したくなってさ」

大倉脩二が、猿のような身のこなしで、石段を飛び降りた。

「なんで付きまとうんだよ！」

「いいじゃねえか。細かいこと気にすんなよ」

「気にするわ！　死ぬかと思った」

俺は呼吸を整えながら、喉元をさすった。大倉脩二が、腹を抱えて笑った。

なんなんだ、このヒゲ野郎。

次の瞬間、大口を開けていた大倉脩二の表情が、凍りついた。その目は、俺を通り越して、石段の上方を見ている。

前にもこんなことがあった。そのときは明日香だったが。

俺は、視線の先を追った。

大きな身体が、堤防の頂上に立っていた。じっと俺たちを見おろしている。きょうは、麻の帽子を被っていなかった。

俺の心臓が、ふたたび暴れ始めた。

（当たったよ、おい！）

俺を見つめる男の目から、涙が流れ落ちた。

「おい、あいつ……」

いつのまにか背後に来ていた大倉脩二が、声を震わせる。

「わかってる。ちょっと黙っててくれ」

男が両手を組み合わせてから、右手で十字を切り、アーメン、と呟いた。

俺は、石段をのぼった。

男の前に、立った。

「あの……」

「もう一度あなたに会えるように、神様にお祈りしていたのです」

男が、静かに言った。

「俺も、探してたんです、あなたのこと。ひとこと謝らなきゃと思って」

「謝る？」

「いきなり逃げて……人殺しなんて言ってしまって」

男が首を横に振る。

「謝るのは私のほうです。我を失って、いきなり追いかけてしまった。人殺しというのも、事実なのですから」

子供のはしゃぎ声が聞こえた。続いて若い女性の笑い声。男が、声のするほうに目をやった。俺も振り向いた。中断道路を、小さな女の子と母親らしき女性が、戯れながら歩いていた。

俺は目を戻した。

「探しているんですね、川尻松子という女性を」

男がうなずく。

「あなたは、松子の？」

「川尻松子は、俺の、伯母なんです」

男が目を見開く。口元に笑みが広がった。

「では、松子がどこに住んでいるか、ご存じなんですね。日ノ出町に住んでいるということは、ある人から聞いたのですが、日ノ出町のどこに住んでいるのかわからなくて、そんなに広い町でもないのに、人ひとり探すとなるとなかなか大変で……」

男が言葉を切る。笑みが引いていった。

「……あなたはどうして、私を見て、人殺しだとわかったのですか？」

「刑事さんから、あなたの写真を見せられていたんです」

「刑事……どうして警察が……まさか、松子が」

俺は目を伏せた。息を吸った。男の顔を見あげる。

「松子伯母さんは、亡くなりました」

男が、瞬きもせず、俺の顔を見つめる。

「俺も、三日前に初めて知ったんです。それまでは、こんなところに伯母が住んでいたなんて夢にも思わなかった、ていうか、川尻松子という伯母がいることさえ知らなかったし、だから俺は、松子伯母さんに会ったことはないんです。それが、いきなり親父が、いや俺の親父なんですけど、アパートに来て、よくわかんないけど、伯母が亡くなったから、部屋の片づけをしてくれって」

「死んだ……松子が」

男の目から精気が抜け、ガラス玉のようになった。

大倉脩二が、俺の腕をつついた。

「どうなってんだよ？」

「だから黙ってろって」

大倉脩二が、口を尖らせる。

「自殺ですか？」

男の声が、低く響いた。

「……いえ、殺されたみたいです」

男の瞼が、ひくりと動いた。

「殺された……誰に？」

「犯人はまだ、捕まってません」

男の目が、忙しなく動きだす。

「警察は、あなたを疑っているみたいです。見たら、すぐに知らせてくれって」

「では、私のことは警察に？」

男がさりげなく、周囲に視線を走らせた。

「いえ。何も言ってません」

男が小さくうなずく。

「そういうことなら、こちらから出向きましょう」

男が、口を固く閉じ、目を瞬かせた。内から溢れ出るものを、必死に堪えているように見えた。

「松子伯母さんが住んでいたアパート、近いんです。行ってみますか？」

男が、躊躇《ためら》いがちに、うなずいた。


男が、ひかり荘の前に立った。駐車場に足を踏み入れ、一歩一歩、建物に近づいていく。

俺と大倉脩二は、駐車場の外から、男の後ろ姿を見守った。

「こんなところで……」

男の声が漏れ聞こえた。

大倉脩二が、こんなところで悪かったな、とぼやいた。

男が頭を垂れた。膝を折り、地面に座りこんだ。身体を前後に揺らし、子供のように泣きだした。

俺は、男の背中から、目を離せなかった。

あなたはいつ、どこで松子伯母と知り合ったのか。あなたの目から見た松子伯母は、どんな女性だったのか。あなたの犯した殺人と松子伯母は、関係があるのか。そしてなぜ松子伯母は、ここで一生を終えなければならなかったのか。

男に聞きたいことは胸に詰まっていたが、喉から外に出てこなかった。

隣で、かちり、と音がした。

大倉脩二が、タバコをくわえ、火を点けていた。ふうと煙を吹いてから、マイルドセブンの箱を差し出してくる。俺は首を横に振った。大倉脩二が肩をすぼめ、ライターを箱に入れてから、ハーフパンツのポケットに押しこんだ。

男の慟哭が、徐々に収まった。立ちあがった。ひかり荘に背を向け、こちらに歩いてくる。俺の前で立ち止まり、小さく頭をさげた。

何か言わなくては。焦りかけたとき、頭に閃《ひらめ》いた。

「そうだ。あなたに渡したいものがあります」

「落としていった聖書ですか？」

あっと思った。俺は聖書のことを、すっかり忘れていた。

「あれは府中の教会に預けてあります。聖書に住所が印刷されていたので」

「わざわざ教会を訪ねて？」

「ええ、まあ」

「それはどうも……」

男がまた、頭をさげる。

「えっと……渡したいものというのは聖書じゃなくて、その……」

男が、見当もつかない、という顔をした。

「こんど持っていきます。いま、どこに住んでいるんですか?」

「杉並にある教会で、お世話になってます」

「牧師を?」

「いえ。住みこみで、手伝いをしているだけです」

「俺、川尻笙です。名前、聞いていいですか?」

男は、すぐには答えなかった。遠くを見るような目をした。

「言いたくなかったら……」

男の目が、俺を見据えた。息を吐き、笑みを浮かべる。そして、ゆっくりと、言った。

「私は、龍洋一。松子の教え子でした」

4

昭和四十七年五月

わたしは目を開けた。まだ息は荒かったが、情炎は鎮まり、満ち足りた疲労感が、全身を覆っていた。

「ちょうど一年だわ」

「何が?」

岡野の囁くような声が、耳元で聞こえた。

「わたしが家を飛び出してから」

「そう」

「もう十年も前のことみたい」

「いろいろ、あったからね」

岡野が、上半身を起こした。煙草を口にくわえ、ライターで火を点ける。一瞬、二人の裸体が、炎の光に揺れた。岡野が、煙を吹き出す。わたしは、枕元《まくらもと》の灰皿を、岡野に渡した。

「初めて会ったとき、君とこうなるとは思わなかったよ」

「わたしも」

「あのときは驚いた。八女川君から恋人を紹介されるなんて、夢にも思わなかった」

「わたしも、お友達に紹介するなんて聞いてなかった……徹也って、勝手に何でも決めてしまう人だったから」

「ほんとうにそうだな。最後の最後まで」

「…………」

「ごめん、こんな話をするつもりじゃなかった」

「いい……自殺した直後は、徹也が死んだなんて信じられなかったけど、いまはもう、悲しいくらい、なんとも思わない」

「それでいいんだと思う。彼は過去になったんだ。僕らは未来を生きなきゃいけない」

「気障《きざ》ね」

「そうかな」

「あなたはときどき、気障なことを平気な顔をして言う」

「心外だな」

「怒った？」

「怒らないよ」

「よかった」

岡野が、煙草をもみ消した。灰皿を、畳に置く。ふたたび布団に横たわる。

わたしは、岡野の胸に顔を寄せ、目を閉じた。

「聞いていいかい？」

「なに？」

「どうして彼に惹かれたんだい？」

「徹也のこと？」

「そう」

「自分でもよくわからない」

「どこで知り合ったの？」

「聞きたい？」

「ああ」

「なぜ今まで聞かなかったの？」

「遠慮していた」

「誰に？」

「たぶん……八女川君に」

「親友だったものね」

「そう。親友でもあり、ライバルでもあった」

「男の人って」

わたしは、くすりと笑った。

「何がおかしいの？」

「なんでもない。徹也はね、わたしがウェイトレスをしていたパーラーの、常連だった。注文するのはいつも紅茶で、テーブルに原稿用紙を広げたり、本を読んだりしていた。本は決まって太宰治《だざいおさむ》。ある日、わたしが紅茶を持っていったとき、太宰が好きなんですね、って声をかけた。彼は話しかけられたことに驚いたようだったけど、すぐに真顔でこう言ったの。僕は太宰の生まれ変わりなんだ。……おかしいでしょ。わたしも冗談だと思って、どうしてわかるんですか、って聞いた。そうしたら彼、『人間失格』を読んで確信したんだ、それに僕は太宰が玉川上水に入水《じゅすい》した翌日に生まれているんだよ、ですって。この人、冗談じゃなく、本気で言ってるんだってわかった。こんどはわたしが驚く番だったわ」

「たしかに彼の作品には、太宰の影響が強く出ていたな」

「それから、彼が店に来るたびに、少しずつ話をするようになって。話といっても、太宰がどうのって内容だけど。わたしも国語の教師をしていて、文学のことも少しは知っていたから、彼も面白がって話したのだと思う。最初に言葉を交わして一カ月後には、わたしのアパートに転がりこんできた。そのときの言いぐさがよかったわ。真面目な顔してこう言ったの。アパートを追い出された。面倒見てくれ」

　岡野が、ふっと笑った。

「あの八女川君が、ね」

「そう。彼、見かけによらず強引だった。そこに惹かれたのかも知れない」

「松子」

「なに？」

「八女川君のことを、笑顔で話せるようになったね」

「……そうね。きっと、あなたがいてくれたから。もしあなたがいなかったら、彼の後を追っていたかも知れない」

　わたしは、目を開けた。人差し指で、岡野の乳首を、弄《もてあそ》んだ。

「そういえば、あなたと徹也の関係も、あらためて聞いたことがなかったわ。いつからの付き合いなの？」

「大学時代から。そのころから八女川君は、作家志望だった。僕も文学にのめりこんでいたから、彼とは気が合ったんだ。もっとも僕は、太宰ではなく、三島だったけどね」

「同じ大学だったの？」

「ああ。ただ、僕は二浪して、彼は現役で入ってきたから、歳は僕のほうが上だった。だから、八女川君は僕のことを、菅野《すがの》さんってさん付けにした」

「菅野？」

「僕は婿養子に入ったんだ。菅野は旧姓」

「そうなの」

「それで、僕もなんだか遠慮して、八女川君なんて呼んでいた。……松子、ちょっと痛いよ」

「あら、ごめんなさい」

わたしは、指で弄《いじ》るのを、やめた。

「あなたも小説を書いていたの？」

「八女川君に刺激されて、書き始めた」

「読んでみたい」

岡野が、首を横に振る。

「とても読ませられるようなものじゃない。僕には文才がなかった。自分で書き始めて、そう思ったよ。それに比べて八女川君は、ほんとうの才能を持っていた」

「でも死んでしまった」

「才能に焼き滅ぼされたんだ。自分に完璧を求めすぎた」

「なぜ徹也の考えがわかるの？」

「なんとなく、そう思うだけだよ」

「わたしには、いまでもわからない、なぜ自殺しなければならなかったのか。悔しいけど」

「僕は、彼に嫉妬していたのかも知れないな。才能があって、好きな文学に打ちこみ、君のような魅力的な恋人まで得た彼を」

わたしは、岡野の横顔を見つめた。岡野の目は、まっすぐ天井を向いている。

「徹也も、あなたに嫉妬していたわ」

岡野が、わたしを見た。

「彼が、そう言ったのかい？」

「いえ。でも、きっとそうだったと思う。徹也は、ほんとうはもう、文学なんか続けたくなかった。文学の呪縛《じゅばく》から自由でいられるあなたが、羨ましかった……だからかな、文学から逃れるためには、死ぬしかなかったのかな」

「やはり君のほうが、彼のことを理解していたのかも知れない」

「そんなことは……」

岡野の目から、すっと光が消えていった。岡野はときどき、こういう目をする。

「何を考えてるの？」

岡野が、はっとした様子で、瞬きをした。

「いや、なんでもない。そろそろ帰るよ」

「うん」

「灯り、点けるよ」

天井の蛍光灯が瞬いた。まばゆい光が部屋に満ちる。わたしは、布団を胸まで引き上げた。

岡野が、立ちあがっていた。痩せた青白い尻が、ブリーフで隠された。丸首のシャツを着て、紺色の靴下を履く。なぜ背を向けて服を着るのだろう。

岡野が、背広に袖を通した。襟を整えてから、鞄を拾いあげる。

わたしは布団から出た。裸のまま、岡野の背中に抱きつく。岡野が振り向いて、抱きしめてくれた。口づけを交わした。

「ほんとに、もう行かなきゃ」

岡野が、わたしの身体を、両手で押すようにして離した。

「また二週間、待たなきゃいけないのね……たまらない」

「僕も辛《つら》いんだ」

「わかってる。ごめんなさい」

岡野が、いつもの笑みを浮かべる。

「じゃあまた」

「電話、ちょうだいね」

「ああ」

岡野が靴を履き、ドアから出ていった。

靴音が遠くなった。

わたしは、急いで服を着た。薄手のセーターにジーパン。電気を点けたまま、靴を履いて、部屋を出る。鉄製の階段をおりて、岡野の後を追った。アスファルト舗装の路に、自分の足音がこだまする。

街灯の明かりの下に、岡野の後ろ姿を見つけた。わたしは足を止め、電柱の陰に身を隠した。岡野が国道の前で立ち止まる。左右を見てから、小走りに渡った。わたしも電柱の陰から出て、追いかけた。岡野が交番の前を通り、酒屋の角を曲がる。わたしは走った。

わたしが酒屋の角を曲がると、岡野は西鉄雑餉隈駅《ざつしょのくまえき》の階段をのぼっていくところだった。

わたしは少し待ってから、人の流れに紛れて、後を追った。岡野が、定期を見せて、改札口を通る。わたしは、自動券売機で、切符を買った。岡野の定期入れをちらと見たことがあったので、行き先は知っていた。

春日原《かすがばる》。

雑餉隈から、わずか一駅先だった。

電車が春日原駅に着いた。ドアが開くと、わたしは中年男性に続いて降りた。男性の肩越しに、岡野の後ろ姿を目で追った。

岡野が、改札口を抜けて、左に曲がった。バスやタクシーを使われたら万事休すと思っていたが、岡野は夜道を歩き始めた。ほかに人通りはない。わたしは、大きな靴音がしないよう気をつけて、後をつけた。

新興住宅地らしかった。築数年も経ていない一戸建てが、整然と並んでいた。それぞれの家の窓には、温かな明かりが灯っている。

十分ほど歩いてから、岡野が、門のある大きな家に入っていった。門柱には丸い電灯が点っていた。二階建ての鉄筋コンクリート。チャイムの音色が聞こえた。玄関の扉が開き、光が溢れ出る。おかえりなさい、お疲れさま、と女性の声がした。岡野が光の中に入っていく。扉が閉まり、光が消えた。

わたしは、門の扉を開けた。きいと耳障りな音がした。石の道を進み、煉瓦《れんが》で出来た段をのぼり、玄関の前に立った。

これが岡野の家庭。ここで岡野は、妻と暮らしている。食事をとり、風呂に入り、床につく。わたしと愛を交わしたその夜に、妻を抱くこともあるのだろうか。岡野の妻も、彼に抱かれて悦《よろこ》びの声をあげるのだろうか。そしていずれ、岡野の子供を産むのだろうか。この家で。

手を伸ばし、音符マークのついたボタンを押した。チャイムが漏れ聞こえた。

ドアが開いて、エプロン姿の女性が現れた。

その顔を見たとき、わたしは声をあげそうになった。岡野の妻ならば、わたしとは比べようもないほど上品で、美しい女性に違いないと、覚悟していた。しかし目の前の女は、歳はわたしより若いかも知れないが、小太りで、美しくはなかった。顔は縦長の楕円《だえん》形で、真ん中につまみのような団子鼻が張りついている。左右の頬は、我の強さを表すように、突き出ていた。

「奥様ですか？」

「ええ」

胡散《うさん》臭そうな目で、わたしを見る。

「夜分にすみません。このあたりで川尻という家を探しているのですが」

「さあ、そんなお宅は、ないですけど。あなた、どういう……」

「そうですか。どうも失礼しました」

わたしは、慇懃《いんぎん》に会釈し、その場を離れた。門のところで振り返ると、女性がまだわたしを見ている。わたしは、笑みを浮かべて、もう一度頭をさげた。

勝てる。あの女になら、勝てる。

駅への夜道を戻りながら、顔中に広がる笑みを抑えられなかった。

徹也が死んですぐ、わたしはアパートを移った。新しい物件を紹介してくれたのは、岡野健夫だった。1Kのバス・トイレ付き。知人の親戚が大家なので、安く借りられるとのことだった。

わたしは、駅前のスーパーマーケットで、レジ係のパート職に就いた。何もしないでいるとかえって気分が鬱《ふさ》ぐと、岡野にも言われたからだ。

そのスーパーのレジは、少し変わっていた。レジの横に、長さ一メートル弱のベルトコンベアが常時動いていて、レジ係は値段を打ちこんだ商品を、片っ端から載せていくのだ。載せられた商品は、コンベア先のスペースに集められる。そこで買い物客は、商品を自分で買い物かごに入れ、精算するというわけだ。

しかしこれだけなら、最新式のレジシステムというだけで事足りる。特筆すべきは、一つのレジに、ベルトコンベアが三本並行して走っていることだった。

つまり、一人目の客が財布から小銭を探しているあいだに、次の客の商品をレジに打ちこみ、商品を二本目のベルトコンベアに載せていく。そして二人目の客に合計金額を告げてから、一人目の客の精算を済ませる。もちろんこのときのお釣りは暗算だ。一人目の客が商品を買い物かごに入れ、二人目の客が財布からお金を出しているあいだに、三人目の客の商品をレジに打ちこみ、三本目のベルトコンベアに載せる。以下、これが延々と続いていくというわけだ。

要するに、同時に三人の客の相手をしなくてはならないのだ。効率よく客を捌《さば》くために、創業者が考案したそうだが、実際にはパートタイマーの中で、ベルトコンベアを三本とも使っている者はいなかった。ほとんどは二本までで、残りの一本は停止させていた。理由は簡単。聖徳太子《しょうとくたいし》じゃあるまいし、そんな曲芸じみた真似は、誰にもできなかったからだ。

ここでわたしは、他のパートタイマーや上司を驚嘆させることになった。この三連ベルトコンベアを、苦もなく使いこなしてしまったのだ。開店以来の快挙とまで言われた。悪い気はしなかった。

たしかにわたしは、昔から計算は得意だった。小学生のときに珠算の一級を取得しているので、暗算もお手のものだ。三人の客を同時に扱うというのも、慣れれば難しくはない。ただし集中力は必要で、昼前から仕事を始め、気がついたら夕方になっているという毎日が続いた。おかげで、徹也のことを思い出さずに済んだ。

やがて、自分の部屋に一人でいるときも、徹也のことを思い出さなくなった。レジの仕事も、予想したより楽しむことができ、生まれて初めて、自分の能力を存分に活《い》かし、それが周りに認められているという実感を持てた。

岡野健夫は週に一度、様子を見に来てくれたし、部屋に電話を引いてからは、毎日のように電話もくれた。

規則正しく、落ち着いた生活が、しばらく続いた。しかし、いつしかわたしは、受話器の前に座って、岡野の電話を待つようになった。岡野といっしょにいるときが、いちばん安らぐことに気づいた。彼の帰ったあとが、いちばん辛いことに気づいた。寝ても覚めても、彼の顔がちらつき、岡野の胸に抱かれる自分を思い描いては、身悶《みもだ》えした。彼が来る日には、化粧を丁寧にした。香水を使い、思い切ってブラウスの胸元を開け、短めのスカートを穿いた。偶然を装って顔を近づけたこともある。しかし岡野は、わたしに指一本触れようとしなかった。わたしは気が狂いそうになった。

あの夜、わたしはついに、泣いて懇願した。

抱いて欲しいと。

その瞬間からわたしの、女としての幸せが始まった。たとえ妻にはなれなくとも、愛人という形のままであろうと、かまわない。岡野に抱かれながら、心の底から、そう思った。

四カ月前のことだった。


部屋のチャイムが鳴ったとき、わたしはバスタオル一枚巻いただけで、髪を乾かしていた。ドライヤーを止め、時計を見る。午後七時。バスタオル姿でドアに近づき、

「どちら様？」

「僕だ」

岡野の声。わたしの脳裏を、昨夜のことが過ぎった。

「ちょっと待って」

わたしは居間に戻り、急いで服を着た。鏡前に座り、手ぐしで髪を整え、ヘアバンドで留める。化粧をする暇はない。ドアに走り、開けた。背広姿の岡野が、踏みこんできた。

「どうしたの？」

岡野が、黙って靴を脱ぎ、あがりこんだ。背を向けたまま立っている。鞄も放そうとしない。

わたしは、岡野の背広を脱がせようとした。

「このままでいい。すぐに帰るから」

岡野が振り返った。口を真一文字に結び、わたしを凝視する。

「きのう、うちに、来たのか？」

わたしは、岡野に知られることを期待していた。でなければ、川尻という名を出したりしない。一つの欲望が満たされれば、その上の欲望が見えてくる。このまま日陰の女で終わりたくなかった。どこに出ても、堂々と胸を張っていられる女になりたかった。そのためには、流されていく平穏な日常のどこかで、事件を起こす必要があったのだ。

「ええ、行ったわ」

「僕の後をつけたのか」

「そう」

「どういうつもりなんだ？　僕の家庭のことに口出しはしない。二週間に一度、来てくれるだけでいい。君はそう言ったじゃないか」

「奥さんがどんな人か、見てみたかったの」

岡野が、大きく息を吐いた。

「怒ったの？」

「当たり前だ！」

「奥さんに気づかれた？」

「勘の鋭い女だ。問い詰められたよ」

「それで？」

「……仕方がないだろう。二週間に一度は、同人の集まりで帰りが遅くなる。そういうことにしてあったんだ。女房のやつ、その同人仲間に会わせろと言いだした。いままでほんとうにそんな集まりがあったのか、確かめるつもりでね」

「お友達に口裏を合わせてもらったら？」

「そうなったら、そいつの家族にまで確認を取ったろうよ。そういう女なんだ」

「奥さんに知られてしまったのね」

「……そうだ」

「ちょうどいいじゃない」

　岡野が目を剝いた。

「だって奥さんのこと、愛していないんでしょ、愛情なんて最初からなかったんでしょ。あなた、そう言ったわ。初めてわたしを抱いてくれた夜に。それにあの人、あなたには似合わない」

岡野の顔から、表情が消えた。

「奥さんと別れて、わたしと結婚して。わたしたち、そのほうが絶対に幸せになれる」

「思いあがるな！」

岡野が怒声を放った。

わたしはそこに、何かが崩れる音を聞いた。それをかき消したくて、無理に笑い声をあげた。

「どうして怒鳴るの？　わたしを愛しているんでしょ。わたしたち、愛し合っているんでしょ」

「……違う」

わたしは、耳を疑った。

「いま、何て言ったの？」

「違うって言ったんだ。僕は、君を、愛してなんかいない。身の程知らずもいいかげんにしろ！」

「だって……」

「もう君とは会わない。僕らの関係は、終わったんだ。君が約束を破った。君が終わらせたんだ」

脚が震えてきた。こんなはずはない。こんな結果になるはずがない。何かが間違っている。

「ねえ、わたしたちの関係って、こんなに簡単に終わっていいの。あなたは嘘をついてる。わたしたち、たしかに愛し合っているわ。わたしにはわかる。だって……」

「女学生みたいなことを言うなよ。僕らは大人の関係だったはずだ。たしかに僕は、君との情事を楽しんだ。だが君もたっぷりと楽しんだじゃないか。忘れたのかい？　最初に抱いて欲しいと言ったのは君だ。僕はそれに応えただけだ。それで君は、自分の肉欲を存分に満足させることができた。違うのか？」

「いやいやわたしを抱いたって言うの……」

「そうは言っていない。僕も君を抱きたいと思っていた。だから抱いた。僕も楽しかったよ。それは認める。君の身体は、その……すごく良かったから」

「それが愛でしょ。あなたはやっぱり、わたしを愛してるのよ。愛さないはずが……」

電話が鳴った。受話器に飛びつこうとして、気づいた。

岡野は、目の前にいる。

岡野が受話器を取り、耳にあてた。

「ああ、僕だ……いま話しているところだ……どうしてもか……わかった、いま代わる」

岡野が、受話器を差し出す。

わたしは、震える手で、受話器を受け取った。誰なの？　目で問いかけても、岡野は答えてくれなかった。

「もしもし」

『川尻松子さんね』

高飛車で容赦のない声。

「はい」

『岡野の妻です』

腹の底が冷たくなった。

『昨夜、お目にかかりましたね』

「……はい」

『岡野から聞いたと思いますけど』

「はい」

『金輪際、岡野と会わないでください』

「…………」

『聞こえましたか？　もしこれ以後、岡野と会ったことがわかったら、弁護士に相談して、あなたを告訴します』

「わたしは……」

『わたくしの話はそれだけです。岡野に代わってくださる？』

「わたしと健夫さんは、愛し合っています。あなたこそ……」

けたたましい笑い声が、鼓膜に突き刺さった。

受話器を奪われた。

岡野が手にしていた。わたしを一瞥してから、耳にあてる。

「……わかっている。彼女も頭に血がのぼっているんだ……もういいだろうっ！」

声を荒らげてから、受話器を置いた。そのまま動きを止めた。

怖いくらいの静寂が降りてくる。

「ねえ、ほんとうのことを言って。ほんとうは、わたしのこと、愛してるんでしょ？　奥さんとは別れたいんでしょ？」

岡野の目が、わたしを見た。さっきまであった怒りが、消えていた。そこに宿っている光は……。

哀れみ。

「最後だから、僕も正直に言う。僕は君のことを、愛《いと》おしいと思ったことは、ない」

「……わたしの身体だけが目的だったの？」

「そういうことになる。いや、少し違う。僕はただ、君を自分のものにしたかっただけだ。八女川徹也の恋人だった君を……」

「なぜ……」

「八女川徹也という男への……嫉妬」

岡野が、自分を嘲るように、顔を歪めた。

「僕は最後まで、彼に勝てなかった。文学への情熱、才能では、まったく太刀打《たちう》ちできなかった。だから僕は、文学をあきらめた。彼には書いていると言っていたけど、心の中ではとっくにあきらめていたんだ。悔しかったよ。でも、認めざるを得ない敗北だった。その代わり出世して、金を稼いで、見返してやろうと思った。妻とは見合い結婚だ。妻の父親は、婦人服メーカーを経営していてね、僕もそれまで勤めていた商社を辞めて、そちらに再就職した。妻は一人娘だから、いずれ僕が経営を引き継ぐことになる。はっきりそう言われたよ。だから結婚したようなものだ。婿養子になることが条件だったが、僕は快諾した。妻の両親は、僕らのために大きな家まで建ててくれた。君が見た、あの家だ。まさに順風満帆だった。そのころ八女川は、作家を目指して貧乏生活を続けていた。僕はときどき彼を訪ねた。お金を渡したこともある。僕は勝ったと確信した。才能では負けたけど、人生では勝ったんだと。彼の落魄《らくはく》ぶりに同情を感じる余裕さえできた。そこに君が現れた。若くて、綺麗で、頭のいい女性が。彼は、心から君を愛していた。そして信じられないことに、あんな仕打ちを受けながら、君も彼を愛おしそうな目で見ていた。僕の優越感など吹き飛んでしまった。惨めだったよ。中途半端な地位と財産に目が眩んで、好きでもない女と結婚し、これが勝利だと信じていた自分が。僕は君に、彼と別れて欲しかった。そうすれば僕は、彼に劣等感を抱かずに済むはずだった。しかしその前に、彼は電車に飛びこんで自殺してしまった。彼の人生は惨めだったのか。とんでもない。才能に溢れ、それを道連れに、若くして死んでいく。君という美しい女性に愛されたまま……。僕から見れば、羨ましいくらい、輝いている。文学に身を投じた人間として、見事な死にざまだと思わないか。

八女川が死んで、僕は永遠に彼に勝てなくなった。僕に残された方法は、彼への劣等感を拭い去る方法は、一つだけだった。それが、君の彼への愛を、自分のものにすることだった」

わたしは呆然と、首を横に振り続けた。

「わからない……あなたの言ってることが、全然わからない。どうして、そんなことができるの？　どうして、そんなことを考えられるの？」

「女の君にわかるわけがない」

「わからないわよっ！」

「いずれにせよ僕は、君を愛していない。結婚したいと考えたこともない。僕はいつも、八女川に見せつけるために、自分の勝利を確かめるために、君を抱いた。いま君の愛を受けているのは、この僕なんだと。僕は八女川徹也から、君を奪い取ったんだと」

岡野が、背広の内ポケットに手を入れた。厚い封筒を取り出し、食卓の上に置いた。

「ただ君には、申し訳ないことをしたと思っている。結果として君を、弄ぶことになったのだから」

わたしは、封筒から目をあげて、岡野を睨んだ。

「なに、これ？」

「せめてもの気持ちだ」

「ふざけるなっ！」

わたしは封筒を投げつけた。岡野の胸にあたって、床に落ちた。

息が震えた。身体から湧きあがるものを、抑えられなかった。

「わたし、死ぬわ」

岡野が背を向けた。靴を履く。ドアに手をかける。

「ほんとうに死んでやるから！」

「勝手にすればいい。僕にはもう、関係がない」

岡野が、静かに言って、部屋を出た。振り向かなかった。ドアが閉まる。靴音が遠ざかっていく。聞こえなくなる。耳をすました。何も響かない。

わたしは泣いた。泣きながら流し下の扉を開けて、包丁を手に取った。蛇口をひねった。左の手首を上に向け、流れ落ちる水にあてた。冷たかった。手首を目の前にもってくる。水に濡れて、きらきらと光っていた。蒼く浮き出た血管が、震えていた。そこに包丁の刃をあてた。引いた。赤い花が、咲いた。

気がついたとき、わたしは台所の床に倒れていた。水の流れる音に気づき、立ちあがる。目眩《めまい》がしたが、流しにしがみついて身体を支えた。右手を伸ばし、蛇口を閉める。

そっと左手を見た。真っ赤だった。傷口は濡れていたが、出血は止まっていた。床を見る。お盆くらいの血だまりができていた。

電話機を見つめた。鳴らなかった。耳をすませた。靴音は聞こえなかった。もう一度、左手の傷口を見る。水道水で、血を洗った。力任せに切ったつもりだったが、傷口は髪の毛のように細く、長さも三センチくらいしかない。

わたしは雑巾を絞り、床の血だまりを拭いた。きれいに落ちなかった。磨き粉を振り、力をこめて擦る。泡が赤く染まり、いくらかましになった。身体を動かしたせいか、息が弾んだ。全身が火照《ほて》り、汗が滲んでくる。床に新しい血痕《けっこん》がついていた。左手首の傷から、出血したのだ。わたしは床掃除を切り上げ、手を洗った。手を拭いてから、傷口に口をあてる。舌で触れると、ずきんと痛んだ。愛撫《あいぶ》するように、傷口を舐める。血の味が口に広がる。舐めながら、電話機を振り返った。鳴らなかった。

封筒が落ちていた。しゃがんで手に取った。重かった。中身を取り出す。すべて一万円札。いちばん上の一枚を、真ん中から二つに裂いた。それを重ねて二つに破り、もう一度同じことを繰り返した。紙片を床に落としてから、次の一枚を取り、同じように破った。一枚一枚、ゆっくりと、千切っていった。すべての紙幣が済むと、床に紙屑《かみくず》の小山ができていた。わたしはそれをかき集め、窓辺に走った。サッシ戸を開け、ぶちまけた。黒ずんだ紙吹雪が、夜風に乗って、溶けていった。

翌日、スーパーのレジの仕事を、辞めた。

半年ぶりの街だった。

昼下がりとあって、客の姿はない。五月の爽やかな日光に照らされ、街の魔力が枯れたようにさえ見える。しかし太陽が西に沈むや、ふたたび妖《あや》しい光が満ち溢れるはずだ。

わたしは、南新地の路地を進み、「トルコ白夜」の前で立ち止まった。躊躇うことなく、中に入った。

店内では若い男が、床磨きをしていた。手を止めて、わたしを見あげる。わたしはその横を、堂々と通り抜けた。床磨きの男は、何も言わず、自分の仕事に戻った。

一度来ているから、マネージャーの部屋はわかっている。見覚えのあるドアを、ノックもせずに開けると、例のマネージャーと、わたしより少し年上らしき女性が、ソファに座って話しこんでいた。

マネージャーが、険しい目を向ける。顔に驚きが広がった。

わたしは服を脱いだ。下着も取って、床に落とした。裸身を見せつけるように、両手を広げる。背すじを伸ばし、顎を引いた。

マネージャーが、目を丸くした。瞬きを繰り返す。同席していた女性も、口をぽかんと開けていた。

「ここで働かせてください」

自分でも意外なほど、落ち着いた声だった。

女性が笑いだした。両手を口元にあて、愉快そうに肩を震わせる。マネージャーが苦笑した。手で頭を掻いた。

恥ずかしいという気持ちは、起こらなかった。

「赤木さん、この子、知ってるの？」

女性が、鈴の転がるような声で言った。

マネージャーが、わたしを見たまま、うなずく。

「あなた」

女性がわたしに、顔を向けた。

「この仕事は初めて？」

「はい」

「いま欲しいものは何？」

「お金」

わたしは即答した。

女性がにこりと笑って、立ちあがった。わたしに近づいてくる。

小柄な人で、わたしが少し見おろす形になった。ワンピースのスカートから伸びる脚は細いが、頰や唇はふくよかで、奥二重の大きな目には、柔らかな光が満ちていた。

女性が、わたしの左手を取った。

「あなた、器用そうな指を……」

言葉が途切れた。女性の目が、手首の傷跡を見ていた。顔をあげる。慈しむような笑みを浮かべた。

「苦労してるみたいね」

「いえ……」

女性がマネージャーを振り返った。

「雇ってあげたら。この子、顔も悪くないし、身体もすごく綺麗。指も細くて器用そうだし。なにより、くそ度胸があるわ」

「その、くそ度胸が怖いんだよ、女は。あんた、わかったから、服を着てくれ。目のやり場に困っちまうよ」

「赤木さん、よく言うわ。女の裸なんか腐るほど見てるくせに」

女性が、わたしの両手を握った。

「あなた、頑張ってね。女一人でも、お金さえあれば、幸せになれる。川崎でナンバーワンになって、ビルを建てた人を知ってるわ」

「……はい」

「あたしは斉藤スミ子。源氏名《げんじな》は綾乃《あやの》」

「源氏名？」

「お店での名前。芸名みたいなもの。いちおうこの世界ではあなたの先輩だから、綾乃姐《ねえ》さんって呼んでくれたら嬉しいわ。あなた、名前は？」

「川尻松子です」

「見かけによらず地味な名前ね。ねえ、赤木さん、この子の源氏名、あたしが決めてあげていいかしら？」

「好きにしてくれ」

「じゃあね、雪乃《ゆきの》はどう？　あなた、肌がとても白いし、目がちょっと吊りあがっていて、睨むととても怖そう」

「それじゃ雪女だ」とマネージャー。

「あなたはどう思う？」

「素敵だと思います」

「じゃあ決まりね。赤木さん、あたし、この子を気に入ったわ。仕こみ方次第で、この店だけでなく、中洲でナンバーワンになるかも知れないわよ」

「ナンバーワンはあんただよ。そのために、わざわざ千葉まで出向いて引き抜いたんだから」

「とにかく、二輪車をするときは、当分この子をパートナーにするわ。いいでしょ？」

「おいおい、いまも話してたけど、まだ二輪車コースを入れると決めたわけじゃないんだぜ」

「まだそんなこと言ってるの？　いまどきオスペ・コースが残っているところなんかないわよ。どこでもフルコースが常識」

「料金が高くなる。客の懐具合に合わせることも大事だ。そこの兼ね合いが難しいんだよ」

「栄町《さかえちょう》でも堀之内《ほりのうち》でも、高級店が繁盛してるわ。これからは料金じゃなく、サービス内容が勝負なのよ。そのために、あたしを呼んだはずでしょ」

マネージャーが腕を組む。

「でも、一人だけ特別扱いすると、ほかの子がな」

「講習会は火曜日でしょ。そのときに、みんなにきちんと指導するわ。それなら公平でしょ」

「わかったよ。コンサルタント綾乃姐さんの提言を受け入れますよっと」

マネージャーが、両手を膝について、立ちあがった。

「どこ行くの？」

「小便」

マネージャーが、ドアノブに手をかける。

わたしはその背中に、声を投げた。

「あの……わたしがもう一度来るって、知っていたんですか？」

マネージャーが、顔だけ振り向く。

「なに？」

「わたしが最初に来たとき、採用試験をして向いていないって言ったり、ほかの店に行かないように釘《くぎ》刺したり、あれは、わたしが必ずもう一度来ると思って、そうしたら腹を括って仕事に精を出すと思って、その前にほかの店に行かないように仕向けたんですか？」

マネージャーの顔が、口を開けたまま固まった。弾かれたように笑いだす。

「こりゃ恐れ入った。あんた、おれ以上のワルだよ。そこまでは気が回らなかった。こりゃいいや」

笑いながら、部屋を出ていった。

わたしは、綾乃を振り返った。

「赤木さんは、そこまで悪党じゃないわよ。あの人、顔はおっかないし、言葉はきついし、仕事にも厳しいけど、つまらない腹芸を使うような人じゃないわ。でなけりゃあたしも、千葉からはるばる来やしない」

綾乃が少し離れて、わたしの裸身を鑑賞するように見る。

「ほんとうに綺麗ね。さ、早く服を着て。風邪《かぜ》をひいたら、お金を稼ぐこともできなくなるわ。この仕事、身体が資本だからね」

　そう言って、くすりと笑った。

　わたしは服を着てから、さっきまで赤木マネージャーが座っていたソファに腰をおろし、綾乃と向き合った。目の前のテーブルには、飲みかけの湯飲みと灰皿が置いてある。灰皿には、くの字に曲がった吸い殻が一本、捨てられていた。

「このあと赤木マネージャーから、接客マナーについて説明があるだろうけど、あたしからも少し、お話ししておくわ」

　綾乃の顔が、引き締まる。

「お返事は？」

「は、はい！」

「まず一つ目。とにかく、お客さんに気持ちよくなってもらうために、全神経を使うこと。最初にご挨拶するときから最後にお見送りするときまで、一秒たりとも気を抜かないこと。射精さえさせればいいなんて考えてたら、大間違いよ。手を抜くと、必ずお客さんに伝わるものなの。怖いくらいにね。これだけは肝に銘じておいて。それから二つ目。これは技術面でのお話なんだけど、これから毎日、朝でも夜でもかまわないけど、腕立て伏せとスクワットを二十回すること。どんなに疲れているときも欠かさずに。この仕事でお客さんに気持ちよくなってもらうには、体重のかけ方が最大のポイントなの。かけすぎても、かけなさすぎても駄目。うまく調節するには、腕と足腰の筋肉をしっかり鍛えておかなければならないの」

「スクワットって何ですか?」

綾乃が腰をあげ、ソファの脇に立った。足を広げ、両手を頭の後ろに組む。背すじを伸ばし、膝を曲げて腰を落とし、すぐに立ちあがる。この屈伸運動を繰り返す。スカートがまくれて、太股が露《あら》わになる。膝から下の細さとは対照的に、太股の筋肉は逞《たくま》しく躍動していた。

十回ほどして、やっと止まった。綾乃は、息ひとつ切らしていない。にこりともせず、

「わかった?」

「……はい」

「お返事」

「はい!」

綾乃の目元が緩んだ。

ほどなく赤木マネージャーが戻ってきた。すぐにわたしの新人研修を始めることになった。実際に接客する浴室で、練習台の男性を相手に、サービスの実習をするという。

わたしは、赤木マネージャーの案内で、浴室に向かった。綾乃もいっしょに付いてきた。

脱衣所でまず、仕事着に着替えさせられた。脱衣所といっても、床には絨毯《じゅうたん》が敷いてあるほか、ベッドや化粧台、電話、レコードプレーヤーまであり、こぢんまりとした一人部屋といった趣だ。仕事着は、浴衣に似た薄いナイロン地の着物だが、腰のすぐ下までしかなく、太股が丸見えだった。これを下着の上から着た。綾乃も、仕事着に着替えていた。

脱衣所の隣にある浴室は、黒タイルの敷き詰められた四畳半ほどの広さで、浴槽は二人がやっと入れる大きさだった。正面の壁一面が鏡になっていて、わたしたち三人を映していた。右の壁には、ビーチマットのようなものが立てかけてある。

脱衣所に戻り、いよいよ研修が始まった。まず客の迎え方、衣服の脱がせ方からだ。ここで練習台になる男性は他ならぬ赤木マネージャーで、赤木マネージャー相手に手本を見せてくれたのが綾乃だった。

綾乃が、いたわるような仕草で赤木マネージャーの服を脱がせ、自分の仕事着も脱ぐ。ときおり恥じらうような目をしながら、下着を外す。その動作は、女のわたしが見ても美しく、艶があった。

ここで赤木マネージャーがもう一度服を着た。わたしの番だ。わたしは慣れない手つきで、何回もやり直しさせられながら、赤木マネージャーの服を脱がせ、自分も裸になった。ようやく合格点が出て、浴室に入った。

ここでも綾乃が、手本を見せてくれた。赤木マネージャーをイスに座らせ、泡立てた石鹸《せっけん》をまんべんなく塗りたくると、たちまち赤木マネージャーの男性が起きあがった。

わたしは心臓が暴れて、気が遠くなりかけた。しかし二人は、平然と続けている。

「雪乃、ちゃんと聞いてる?」

綾乃が睨んでいた。

「……はい。すみません」

「このあと、雪乃がやるんだからね」

「はい」

わたしは、口元を引き締めた。綾乃が、サービスの続きに戻る。わたしは、綾乃の手足の動き、説明の一言一言まで逃すまいと、身を固くした。裸であることは忘れた。

イスの後は、ビーチマットを使ってのサービスに移った。まずマットに赤木マネージャーが仰向けに寝た。綾乃が石鹸の泡を自分の身体にまぶし、赤木マネージャーの身体に覆い被さり、胸と腰をこすりつけるように回し始めた。ときおり右手が、赤木マネージャーの男性を撫でている。

わたしは言葉もなく、その光景を見つめた。

「いい雪乃、ここで体重のかけ方が大事なの。しっかり手足を鍛えておかないと、お客さんが苦しいだけだからねっ！」

「はいっ！」

綾乃が一通りやってみせたあと、いよいよわたしがやることになった。わたしは文字どおり、赤木マネージャーと綾乃に手取り足取りされながら、汗だくになってこなした。腕や足腰の筋肉が悲鳴をあげ、何度も攣《つ》りそうになった。わたしは、生まれて初めてと言えるほど、死にものぐるいになった。最後の仕上げでわたしが上になり、綾乃の指導を受けながら腰の動きを速めたとき、ビーチマットに仰向けになっていた赤木マネージャーが呻き声をあげて、わたしの身体を押し離した。同時に生温かい液体が、わたしの下腹から胸に奔《はし》った。

「あらあ、赤木さん！」

綾乃が、歓声をあげた。

赤木マネージャーが、ビーチマットにあぐらをかき、肩を落とした。ため息をつく。

「あぁあ、なんてこった……おれもヤキがまわったなあ」

寂しそうに呟いた。

綾乃が、わたしの肩を抱いた。

「あなた、凄いわ。あの赤木マネージャーをいかせたんだもの」

わたしは、意味がわからず、綾乃の顔を見つめてしまった。

「練習台の男性が射精するのは、この世界では御法度《ごはっと》なのよ。仕事にかこつけて楽しんだことになっちゃうから。マネージャーにとっては、これ以上ないくらい屈辱的で恥ずかしいことなの。だから雪乃、このことはほかの人には黙っていてあげてね」

「綾乃、黙っててくれるのか？」

　赤木マネージャーが、顔をあげる。

「黙ってるわ。ひとつ貸しよ」

「雪乃も？」

「はい。言いません」

「ありがたい。助かった！」

　赤木マネージャーが、拝むような仕草をした。

「わたしも貸しですよね」

　わたしが言うと、赤木マネージャーと綾乃が、声をそろえて笑った。


　翌日から、店に出た。午後五時に店に入り、控え室でほかのトルコ嬢に挨拶してから、乳液類やタオルの入ったカゴをもらった。

　この日のトルコ嬢は、わたしの他に六人。わたしより若い子もいた。綾乃は、五時半ごろに入店した。午後六時くらいから客が入るようになり、綾乃が最初の指名を受け、控え室を出ていった。他のトルコ嬢にも次々と指名が入った。いつしか控え室に残っているのは、わたし一人になった。このまま客がつかないのではないか。焦りにも似た気持ちが、膨らんできた。

午後七時を過ぎたころに、最初の客がついた。客は四十代後半のサラリーマン風。恥ずかしいと感じる余裕もなかった。手順を間違えたらどうしよう。お客さんを満足させられなかったらどうしよう。怒らせたらどうしよう。頭の中では不安が渦巻いていたが、いざ始まると身体が勝手に動き、気がついたときには、客の後ろ姿を見送っていた。そのあいだ自分が何をしたのか、思い出せなかった。

浴室の片づけをしながら、この感覚をどこかで味わったことがある、と思った。雑餉隈のスーパーのレジで、三連ベルトコンベアを使いこなしていたときの充実感に似ているのだ。

控え室に戻ったとき、赤木に声をかけられた。

「どうだった、雪乃？」

「なんとか、できたと思います」

「さっきの客、雪乃の名前を確認して帰っていった。次は指名で来るぞ。客の顔、しっかり憶えとけ」

「はい！」

「いい返事だ」

赤木が、機嫌よさそうに笑いながら、控え室を出ていった。入れ違いに、蝶ネクタイ姿の男が入ってきた。きのう床磨きをしていた、あの若い男だ。

「雪乃さん、お願いしまーす」

この日、わたしについた客は、三人だった。一人につき入浴料五千円、サービス料八千円で、わたしの取り分は七千円。初日のわたしの稼ぎは、二万一千円になった。前日に準備金として五万円もらっていたので、たった二日間で七万円ちょっと。教師時代の月給を、はるかに凌《しの》ぐ額だった。

仕事のあがりは深夜十二時。店が手配してくれたタクシーで、雑餉隈のアパートに帰った。タクシー代はかなりの額になったが、最初の一週間は、店が負担してくれることになっていた。

部屋に帰ると腹が鳴った。店では接客のあいまに食事をとることになっていたが、とても喉を通る状態ではなかったのだ。わたしはお湯を沸かして、カップラーメンをつくった。湯気の立ちのぼる麵を啜っているうちに、やっていけそうだ、と思えた。

空腹が収まると、眠くなった。すぐ横になりたかったが、我慢して、床で腕立て伏せを始めた。一回ごとに休みながらではあったが、綾乃に言われたとおり、二十回こなした。スクワットも、ゆっくりと二十回。息があがり、手足もがたがたと震えたが、これでようやく、一日が終わった気がした。

一週間後、わたしは雑餉隈のアパートを引き払い、住吉のマンションに移った。南新地までタクシーで五分の距離だった。

毎週火曜日には、綾乃が中心になって、新しいサービステクニックの勉強会が開かれた。赤木や綾乃が新しい技を紹介したり、トルコ嬢が自分たちでアイデアを出し合ったりするという。参加は各人の自由だったが、「白夜」に所属するトルコ嬢のほとんどが、顔を見せていた。わたしも欠かさず参加した。ときには自分なりのアイデアを披露し、採用されたこともあった。

同僚のトルコ嬢から聞いた話によると、「白夜」では基本的に素人の採用はしない。経験者でも採用されるのは、赤木の眼鏡にかなった者だけなのだそうだ。だから「白夜」のトルコ嬢は、他の店のトルコ嬢とは、仕事に対する姿勢が違うのだという。

新人に対してありがちな嫌がらせも、ここではほとんどなかった。それもみな、赤木マネージャーの力量によるところが大きいというのが、綾乃の意見だ。

二カ月目から、わたしにも指名客がつき始めた。評判を聞いて指名した、という客も現れた。腕立て伏せとスクワットも、楽にこなせるようになった。その成果か、体重をかける際の微妙な加減ができるようになり、お客さんから誉められることも多くなった。綾乃と初めて二輪車を組んだのも、このころだ。

二輪車とは、一人の客に対し、トルコ嬢が二人がかりでサービスするというものだ。料金が二倍になるのだが、息の合ったコンビでないと、値段に見合うほどの効果はあがらない。そのため赤木も渋っていたが、綾乃の説得で、導入に踏み切ったのだ。客の評判は上々で、一週間後には駅売り夕刊紙の取材を受けた。「綾乃・雪乃の美女最強コンビ」と銘打たれたトルコ体験記事を、綾乃と大笑いしながら読んだ。ただ記事の本文中に、わたしが元中学教師であったことが書かれていた。インタビューで漏らしてしまったのだ。この記事が出て以降、お客さんから、

「中学校の先生だったんだって?」

と面白半分に尋ねられることが多くなった。そのたびに胸の奥で苦い感情が生まれたが、顔には出さなかった。皮肉なことに、指名客は格段に増えた。指名されると報酬に上乗せされるシステムだったため、収入も急上昇した。二カ月目の月収は、百万円を超えた。

三カ月目には、指名客が列をなして待つようになり、予約が必要になった。他店から引き

抜きの声もかかったが、わたしは笑顔で受け流した。

一日の仕事を終えて店を出ようとしたとき、従業員の男の子から、

「マネージャーがお呼びです」

と呼び止められた。

「そう。どうもありがと」

きょうの日給はすでに貰っている。何事なのか。わたしは不安を覚えつつ、マネージャー室に入った。

赤木は事務机で、帳簿とにらめっこをしていた。眼鏡をかけ、指に火の点いた煙草を挟んでいる。

「マネージャー、お呼びだそうで」

赤木が顔をあげる。煙草をもみ消し、眼鏡を外した。

「雪乃か。すまんな、帰り際に」

「何でしょうか。お客さんからクレームでも？」

「そうじゃないんだが……」

「はっきり言ってください。直せるところは直します」

赤木が、二度うなずいた。机の抽出《ひきだし》を開け、中から茶封筒を取った。かなり分厚い。封筒を手に、近づいてくる。目の前に立つ。表情が緩んだ。

「雪乃。よくがんばったな」

「はい？」

「八月の売り上げは、雪乃がトップだった。よってここに、特別ボーナスを与える」

赤木が、封筒を両手で持ち、差し出す。わたしは、口を開けたまま、赤木の顔と封筒を交互に見た。

「受け取れよ。雪乃が自分の身体で勝ち取った金なんだ」

わたしは、封筒を手にした。重かった。

「わたしが……トップ？」

「そう。雪乃が、ここのナンバーワンになったってことだ。おめでとう」

赤木が握手を求めてきた。わたしは、その手を握った。

「あり……がとうございます」

「用事はそれだけだ。気をつけて帰れよ」

「はい。失礼します」

わたしは、マネージャー室を出た。足が床から浮いているような感じだった。

わたしがトップ、わたしがナンバーワン。
口の中で呟く。
経験したこともないほどの充実感が、指先まで満ちていった。

5

「教え子って……松子伯母さんは、学校の先生だったんですか？」

「国語の先生でした」

「もしかして学校は……」

「大川第二中学、わかりますか？」

「二中、俺も通ってました。龍さん、俺の先輩なんだ」

龍さんの顔に、微かな笑みが浮かんだ。

「松子伯母さん、どんな先生でしたか？」

「ほんとうに綺麗だった。男子生徒だけでなく、女子生徒のあいだでも、人気がありました。家が近いとかで、松子といっしょに登校する女子生徒がいたのですが、いつも周りに自慢していたくらいです」

「へえ、あの嫌われ松子がねえ」

俺は大倉脩二を睨みつけた。

大倉脩二がそっぽを向く。

「松子伯母さんは、いつまで先生をしていたんですか？　失踪したと聞いたんですけど」

龍さんが、顔を歪ませる。

「着任して、二年目の五月だったはずです。私のせいです。私は、松子の人生を、二度までも狂わせてしまった。最初が、そのときでした」

「失踪したのは……」

「あのさあ」

大倉脩二が口を挟む。

「オレ、ちょっと用事があるから……」

右手を軽くあげ、龍洋一を一瞥してから、駆け足で離れていった。自分の部屋のドアを開け、入り、一瞬振り返ってから、ばたんと閉める。

なんだ、あいつ。

俺は、龍さんに目を戻した。

「龍さん、このあとは何か予定が？」

「いえ」

「じゃあ、歩きながら、話しませんか？」

俺たちは、どちらからともなく、荒川に向かった。

俺は歩きながら、龍さんを横目でちらと見た。龍さんは、心ここにあらずといった目を、地面に向けている。

「さっきも言いましたけど、俺、松子伯母さんのこと、最近になって初めて知ったんです。部屋の片づけをするように親父から言われたとき、ほんとうは気が進まなかったんです。だって、会ったこともないんだから、他人と同じじゃないですか。でも、俺の彼女が、明日香っていうんですけど、どういうわけか、松子伯母さんのことが気になったらしくて、いっしょに来てくれたんです」

「先日、笙さんといっしょにいた、あの女の子ですね」

「そうです」

「きょうはいっしょではないのですか？」

「帰省してしまって」

「そうでしたか」

龍さんが、空を見あげた。俺も顔をあげた。マンションのベランダに、布団が干してあった。大きな敷き布団が二枚と、一回り小さなものが一枚。

「龍さんも、大川市の生まれなんですか？」

「ええ。十五歳までいました」

「そのあとは？」

「傷害事件を起こして、佐世保《させぼ》の初等少年院に入りました。十八歳で博多に出て、地元の組織に入って……」

俺と龍さんは、保育園を回り、荒川土手をのぼった。外側の中断道路を渡り、堤防本体の石段をあがる。頂上に立ったところで、足を止めた。

俺たちは並んで、荒川の流れを見おろした。

「俺、松子伯母さんがこの川を見て泣いていたって知ったとき、急に他人とは思えなくなったんです」

「筑後川に似ていますね」

俺は、龍さんの横顔を見あげた。

「でしょ」

目を川面に戻す。

「あの土地で生まれ育った人なら、ここに立てば、同じことを考えると思うんです。それで、自分の故郷を、懐かしく思い出して……松子伯母さん、どんな気持ちでここに立って、泣いていたんだろうと思うと、俺までなんか、哀しくなってしまって……」

風が吹いた。土手の緑が、波打った。

「松子伯母さんのことを、もっと知りたいと思うようになったんです。どんな人生を送って、ここに辿り着いたのか。……ていうか、うまく言えないんですけど、松子伯母さんのことを知って、少しでも理解してあげられたら、松子伯母さんも、喜んでくれるんじゃないかって」

龍さんが、ゆっくりと、うなずく。

「松子が学校を辞めることになったのも、失踪したのも、すべて私のせいです。私が傷害事件を起こして、少年院に入る直前のことでした。私は、修学旅行先で、お金を盗みました。別にお金に困っていたわけではありません。家は貧乏でしたけどね。ただ、目の前に無防備にお金が置いてあったので、盗っただけです。罪の意識なんか、ありませんでした。逆に、これで学校が困れば愉快だ、くらいに思っていました。私はもともと、問題児扱いされてましたから。事件はすぐに発覚して、教師のあいだでも騒ぎになって、私の仕業らしいとわかったのでしょう、担任だった松子がやってきて、私を問い詰めました。私は知らないふりをしました。それで松子は、責任を感じたのでしょうか、自分が盗ったことにして弁償し、内々に収めようとしたのです。しかし、それが学校側に漏れて、ほんとうに彼女が盗ったことになってしまった……松子は、私の自宅まで来て、私に罪を認めるよう迫りました。窮地に追いつめられていた様子でした。私は、そんな松子を冷たく追い返し……すぐに学校に電話をかけました。たったいま川尻先生が、生徒である私の自宅に押しかけて、罪を被るよう脅したと……」

　龍さんが、苦しげに言葉を切った。

「松子伯母さんのこと、嫌いだったんですか？」

「とんでもない。好きだった。憧《あこが》れだった。どうしてあんなことをしたのか、いまでもわかりません。死ぬほど好きだった女性教師に、頭から犯人だと決めつけられ、見捨てられたような気持ちになって、自棄《やけ》を起こしたのかも知れません。結局、私の告げ口が決定的となって、松子は学校を追われました。噂では、そのまま家を飛び出し、行方知れずになったそうです。そのことを知ったとき、私は自分が何をしているのか、何をしてしまったのか、わからなくなりました。松子を恋しいと思いながら、同時に憎しみも感じました。なぜこのくらいのことで失踪してしまうのか、そう思うと、腹立たしくてなりませんでした。頭の中がぐちゃぐちゃになり、気がついたら、他校の生徒を殴り倒していました」

「再会したのは？」

「私が二十七歳のときでしたから、十二年後です。東京のど真ん中でした」

「その十二年間の消息を知る人は、いないのですか？」

　龍さんが、俺の顔を見る。

「私も松子から、少しは聞いていますが、あまり口にしたくはありません。どうしても知りたければ、沢村という女性を訪ねてください」

「沢村？」

「松子が日ノ出町に住んでいることを、私に教えてくれた方です」

龍さんが、石段に腰をおろした。

「座りませんか？」

俺は、隣に座った。

「私は十四年ぶりに出所して、まず松子に謝りたかった。彼女の人生を、二度にわたって無茶苦茶にしてしまったことを。許してもらえるとは思いませんでした。しかし、どうしても会って、詫《わ》びたかったのです。松子の消息は、わかりませんでした。そこで私が頼ったのが、沢村さんです。あの人ならば、松子の居所を知っているのではないかと、思ったのです。私が会いに行くと、沢村さんは凄い形相で、私を睨みました。当然だと思います。私は土下座をして、泣いて、頼みました。沢村さんも、私の真意を汲《く》み取ってくださったのでしょう、話をしてくださいました。じつは沢村さんも、松子とは二十年近く音信が途絶えていたのですが、ほんの数日前に、偶然会ったそうです。そのときの会話で、松子が日ノ出町のアパートで、一人暮らしをしていることがわかったのですが、詳しい住所までは聞き出せなかったとのことでした」

　龍さんが、腰を浮かし、尻のポケットから、財布を出した。中から、一枚の名刺を取る。

「私にはもう、必要ありません」

　俺は、名刺を受け取った。名前は沢村めぐみ。肩書きは、サワムラ企画・取締役社長、とある。

「社長さんなんですか」

「ちょっと変わった人なんですが、女性ながら辣腕《らつわん》を振るうということで、業界では有名人だそうです」

「そんな人と松子伯母さんが、どうして知り合いなんですか？」

「それは、私の口からは言えません」

　俺は、名刺をじっと見た。

　松子伯母の住んでいた古ぼけたアパートと、業界有名人だという女社長の名刺が、どうしても結びつかない。そもそもサワムラ企画って、何の会社なのだろう？　どこかで目にしたような気が、しないでもない。

　名刺に、影が落ちた。

　俺は振り向いた。

背広姿の男が二人、立っていた。

俺は腰をあげた。龍さんも、立ちあがった。周りを見ると、あちこちに、場違いな雰囲気の男たちがいる。

「龍洋一だな」

一人が、警察手帳を見せた。

「聞きたいことがある。署まで来てくれるか」

「松子のことで、疑われているのですね」

刑事たちが、顔を見合わせる。

「そうだ」

「わかりました。参ります」

「龍さん……」

龍さんが、俺の顔を見て、うなずいた。

「龍さん、やってないことを、やったなんて言っちゃ駄目だよ。変に責任感じちゃ駄目だよ」

「わかってます。ありがとう、笙さん」

龍さんが、男たちのあいだに入って、歩きだす。石段を降りていく。俺は、堤防の頂上に突っ立ったまま、龍さんの背中を見送った。龍さんが、一度だけ振り返って、小さく頭をさげた。

「駄目じゃないか、ちゃんと通報してくれないと」

ぎょっとして振り向くと、例のサングラス刑事こと、後藤刑事が立っていた。

「松子伯母さんを殺したのは、龍さんじゃありません」

「それをこれから調べるんだよ」

「どうしてここにいることが……」

あっと気がついた。

「あのヒゲ野郎！　あいつが通報したんだな！　ね、そうなんでしょ」

「それは言えないよ。規則でね。このあいだの女の子はいないの？　ふられたんだ？」

「違うよっ！」

「そんなに膨れないでよ。ところで、さっきあの男からもらってた名刺、見せてくれない？」

俺は、両手で名刺を握りしめた。

「やだ。見たければ、令状持ってきてください」

後藤刑事が、肩をすぼめる。

「まあ、いいや。あいつに聞くから」

後藤刑事が、ふっと息を吐いた。荒川を一瞥してから、俺の肩をぽんと叩き、

「じゃあな少年、大志を抱けよ」

と、意味不明なことを言って、堤防を降りていった。

俺は、堤防のてっぺんに、一人残された。龍さんから渡された名刺を見る。後ろを振り返ったが、後藤刑事はいなかった。携帯電話を手にして、名刺にあった電話番号を押す。すぐに通じた。

『はい。サワムラ企画でございます』

柔らかな男性の声。

「あのぅ、沢村めぐみさんって人、いますか？」

受話器の向こうが、静かになった。

『失礼ですが、どちら様でしょうか？』

「川尻笙っていうんですけど」

『ご用件は？』

「川尻松子っていう、あの、これは俺の伯母さんなんですけど、この人のことで聞きたいことがあって」

『少々お待ちください』

嫌々という感じの声だった。ピアノの曲が流れてくる。一分くらい待たされた。

『沢村だけど』

けだるげな女性の声。

「あの、俺、川尻笙っていいます」

『松子のことで話があるってことだけど。あなた、松子の何なの？』

「甥です。最近、沢村さんが松子伯母さんに会ったと聞いたんで、それで……」

『誰から聞いたの？』

「龍という男の人からです」

『ふうん、あの男にも会ったのかい。住んでる所なら知らないよ。あの男にも言っておいたはずだけどね』

「いや、住所はわかっているんです。俺はその、会ったときの松子伯母さんの様子を聞きたくて……」

『住所がわかってるんなら、本人に聞きゃいいだろ。で、どこにいるの、松子は？　あたしも松子からの連絡を待ってるんだよ』

「それがその……松子伯母さんは、亡くなりました」

『……なに？』

「松子伯母は、亡くなったんです」

『いつ？』

声が低くなった。

「一週間ほど前、殺されたそうです」

『殺されたっ？　誰に？』

「犯人はまだ……」

『あんた、冗談じゃないだろうね。もし嘘だったら、承知しないよ！』

「ち、違います。ほんとうに亡くなったんです。俺が、アパートの片づけをしたんですから」

『そう……松子は死んだの……』

何も聞こえなくなった。

「あのう……」

『で？』

声が一段、高くなった。

『あたしに何の用なの？』

「俺、松子伯母さんのこと、何も知らないんです。もし生前の松子伯母さんの消息を知っている人がいれば、会って話を聞きたいと思って……」

『聞いてどうするの？』

「……少しは松子伯母さんのことを、わかってあげられるかも知れない、かなって」

『ふうん』

「話を聞かせてもらえませんか？」

『あたしのことは、あの男から？』

「はい」

『あの男も知ってるのかい、松子が死んだことを？』

「俺が伝えました」

『何か言っていたかい？』

「泣いてました。松子の人生を狂わせたのは、自分だって」

ため息が漏れ聞こえた。

『ショウっていったね』

「はい」

『どういう字を書くの？』

「……竹かんむりに、生きる、です」

『笙、か。いい名前だね』

「あ、どうも」

『四時から十五分だけなら時間がある。それでよければ、会ってあげてもいいよ』

「あ、ありがとうございます。じゃ、このサワムラ企画っていう会社に行けばいいんですか」

『いや、いまから外で人に会うから、そうだね、パレスホテルのロビーで待ってな』

「パレスホテル？」

『皇居の真ん前にある。場所がわからなけりゃ、お巡りさんに聞きな。午後四時だよ。一分でも遅れたら、帰るからね』

「あの、目印か何か……」

『ロビーでいちばんいい女に声をかけな。それがあたしだよ』

切れた。

6

昭和四十八年五月

　わたしは、マンションに帰ってすぐ、カラーテレビのスイッチを入れた。きょうの深夜映画は、アメリカの西部劇だった。ハンサムな男優のアップを見ながら、服を脱いで、下着姿になる。早口の英語と、ときどき放たれる銃声を聞き流しながら、腕立て伏せ、腹筋、背筋、スクワットをそれぞれ、三十回ずつこなした。下着を取って鏡の前に立ち、贅肉《ぜいにく》がついていないか、体型が崩れていないか、確かめる。シャワーを浴びてから、全身の手入れをし、肌に直接、シルクのパジャマを着る。パジャマの色は、その日の気分で決めた。きょうはベージュ。食器棚からグラスを取り、ヘネシーを注ぐ。金庫から出した預金通帳を右手に、グラスを左手に持ち、ソファに身体を横たえる。通帳を眺めながら、ヘネシーを舐める。これでやっと、わたしの一日が終わる。

　通帳には、一年前には想像すらできなかった金額が、書きこまれていた。ほんとうにビルでも建てられそうな気がする。

通帳ときょうの稼ぎ分の現金を金庫にしまい、煙草に火を点けた。思い切り深く吸い、ゆっくりと吐く。女の吐息が聞こえた。テレビ画面で、ハンサムな男優とグラマラスな女優が、キスシーンを演じていた。テレビのスイッチを切った。部屋がしんと静まり返った。ヘネシーを舐めながら、紫煙を燻《くゆ》らせ、窓辺に立つ。眼下に広がるのは、眠った街。そして、黒く静かな那珂川の流れ。

佐伯俊二にデートに誘われた日の夕陽も、家を飛び出した朝も、八女川徹也と暮らした日々も、岡野健夫を思い続けた夜も、遠い昔。川尻松子という名前に、懐かしささえ感じる。いまのわたしは、「白夜」の雪乃。自他ともに認めるナンバーワン。お金はある。欲しいものは何でも買える。あと二カ月ちょっとで、二十六歳の誕生日が来る。小さな犬でも飼おうか、と思った。

翌日、店に入ると、背広姿の見知らぬ男がいた。腹が突き出ているが、歳は若そうだった。顔の彫りが深く、日本人離れしているので、そう見えるのかも知れない。客でないことは、すぐにわかった。開店には間があるし、無遠慮に店内のあちこちを指さしては、従業員に指図していたのだ。

「おはようございます」

わたしが挨拶すると、従業員の男の子が、こちらが雪乃さんです、と男に告げた。

男の顔に、表面だけでつくったような笑みが現れた。

「これはこれは、我が店のナンバーワンがお早い出勤ですな」

わたしは愛想笑いを返した。傍らの男の子に、目で問いかけた。

「きょうからここのマネージャーになられる、吉富《よしとみ》さんです」

わたしは息を詰めて、吉富と呼ばれた男を見た。

「吉富です。このたび、この店を預からせていただくことになりました」

「赤木さんは？」

「お辞めになりました」

「どういうことですか！」

吉富が、口元を曲げる。

「あなたには関係のないことでしょう。誰がマネージャーになろうと、あなたにはこれまでどおり、お仕事に励んでいただければいいんです」

「でも、赤木さんにはお世話になったし」

「そうですね、ひとことで言えば、この店の経営方針について、社長と対立したのですよ。まあ、事実上の解雇ですな」

「解雇……これからどうされるんでしょうか、赤木さん」

「さあ、そこまでは聞いてませんねえ、我々には関係のないことですから」

吉富はそう言うと、これ以上話す必要はないとばかり、背を向けて離れていった。

その日の控え室は、口を開くと赤木マネージャーの話題になった。

「あの人、けっこう頑固だからねえ、上と喧嘩することを、屁《へ》とも思っていないんじゃないの」

「でも寂しいよう、赤木マネージャーがいなくなっちゃうなんて」

「新しく来た吉富って男、どう思う？」

「ハーフかな」

「デブのくせに女みたいな顔してて、あまり好きになれそうにないわ」

「ねえ、綾乃姐さんはどう思う？」

話を向けられた綾乃が、思い詰めた目をあげた。無理に笑みをつくる。

「あたしはそれより、なぜ赤木さんが辞めさせられたか、気になるわ」

「経営方針で、社長と対立したと聞きました」

わたしは言った。

「店の経営方針、どう変わるのかしらね」

綾乃の言葉に、みなが黙った。

その深夜、タクシーで帰宅すると、マンションの前に車が一台、停まっていた。テントウムシのような形をした、古い車だった。中に人影が見える。わたしがタクシーを降りてマンションに入ろうとすると、車から人が出てきた。男のようだった。こちらに近づいてくる。冷や汗が滲んだ。わたしが駆けだそうとすると、

「雪乃」

聞き慣れた声が、耳に届いた。

わたしは立ち止まって、振り向いた。

「赤木さん！」

赤木が、ゆっくりと歩いてきた。両手をズボンのポケットに入れている。

「聞いたかい？」

赤木の口元に、照れた子供のような笑みが浮かんだ。

「どうして辞めちゃったんですか？」

「話すと長くなる」

「かまいません。ここじゃなんですから、部屋にあがってください」

「いや、おれは店の女の子の部屋にはあがらないことにしている」

「もう店とは関係ないじゃないですか」

「そういう問題じゃねえよ。きょうは最後の挨拶もできなかったからな、それで待っていた」

わたしは黙って、赤木の顔を見つめた。

「雪乃、いろいろ世話になったな」

「わたしこそ」

「この商売も長く続けてきたが、新人研修のときにいかされたのは、雪乃だけだった。まるで雪乃に、童貞を奪われたような気分だぜ」

わたしは、泣きながら笑った。

「赤木さんは、これからどうするのですか？」

「郷里《くに》に帰ろうかと思っている」

「どちらですか？」

「八雲《やくも》……といってもわからねえだろうな。函館《はこだて》の先だ」

「北海道ですか！」

「おう、北海道だ」

「遠いですね」

「遠い」

赤木が、優しい目を、宙に向ける。雲ひとつない星空だった。

「遠いよ」

呟いてから、息を吐いた。

「まあ、そういうことだ」

「赤木さん……」

「吉富という男も、悪い奴じゃない」

「はい」

「身体に気いつけてな。あばよ」

赤木が背を向ける。

「赤木さん」

赤木が、付いてくるなとでも言うように、右手をあげた。車に乗りこむ。エンジンがかかった。ヘッドライトが灯る。クラクションひとつ。

わたしは頭をさげた。車の発進する音。遠ざかっていく。聞こえなくなる。排気ガスの臭い。

「ありがとうございましたっ」

わたしは、頭をさげたまま、叫んだ。

綾乃の危惧《きぐ》した、経営方針の変化は、一週間後に表れた。

その日、三人の新人が入った。三人とも素人で、現役の女子大生だという。新人研修では、わたしが手本を見せたのだが、三人は恥ずかしがって騒ぐばかりだった。吉富マネージャーに、これではお客さんの前に出せないと言ったが、無視された。そして店に出した結果、客の反応は予想外によかった。とくに三人の中で、レイコという源氏名の子に指名が集中するようになり、夕刊紙でも紹介された。一カ月後には、わたしや綾乃を抜いて、ナンバーワンになった。

レイコは、丸顔にショートヘアという、いかにも学生という感じの二十歳で、笑うと半円形になる目と、見え隠れする八重歯には、たしかに愛嬌があった。しかし夕刊紙の記事によれば、『ひとたび服を脱ぐや、百七十センチのすらりとした肢体と、メロンを並べたような豊かな乳房と、真ん丸と漲る白い腰が、神々しいまでの光を放ち始める。レイコ嬢の童顔とグラマラスな身体のアンバランスさは、男のスケベ心をモーレツにそそる』のだそうだ。

客からの指名で一度だけ、レイコと二輪車を組んだが、レイコはテクニックを駆使するでもなく、客にされるがままになっていて、耳を塞ぎたくなるような甘ったるい声をあげるばかりだった。力仕事的なサービス技は、わたしに任せきりだった。この客はその後、レイコを単独指名するようになった。

綾乃・雪乃コンビの二輪車コースを指名してくれる常連のお客さんがいた。ここで一カ月分の英気を養うのだと話す、陽気な社長さんだった。その社長さんをしばらく見ないと思ったら、レイコに乗り換えたことがわかった。なぜわかったのかと言えば、ご丁寧にも、レイコが教えてくれたからだった。

「雪乃、きょう、あなたの部屋に泊めてくれない？」

帰り支度をしていたとき、綾乃が言った。こんなことは初めてだった。

「ちょっと話したいことがあるの。もしよかったら、聞いて欲しいんだけど」

「いいですよ」

わたしは、急な申し出に戸惑いながらも、答えた。

二人揃って店を出ると、南新地の路地から、ネオンの灯《ひ》が消えていた。どこも閉店の時間を迎えている。路地のあちこちに、人待ちのタクシーや高級車が見える。たいていタクシーは店の真ん前に、高級車は店から少し離れた角あたりに停まっている。高級車に乗っているのはだいたい、トルコ嬢のヒモだそうだ。出迎えのあるトルコ嬢は誇らしげに高級車に乗りこみ、出迎えのないトルコ嬢や従業員は三々五々、タクシーに向かう。それはどこか、疲労感の漂う光景だった。

わたしと綾乃は、適当なタクシーを選んで乗った。

「住吉。精華《せいか》女子高、わかるわね。近くて悪いけど」

わたしは、運転手に告げた。運転手が、精華女子高ね、と答え、車を発進させた。

精華女子高を過ぎて次の交差点を右折し、しばらく進んだところに、わたしのマンションがある。深夜の道路は交通量も少なく、あっという間に着いた。タクシー代は、わたしが払った。

部屋では、綾乃が先に化粧を落とし、シャワーを浴びた。下着の替えは持っているとのことだったので、わたしのシルクのパジャマを出しておいた。

綾乃に続いて、わたしもシャワーを浴びた。パジャマに着替えて居間に戻ると、綾乃が窓辺に立って外を見ていた。

「ここ、那珂川が見えるのね。素敵だわ」

綾乃が、笑みを浮かべて窓から離れ、ソファに座った。

「綾乃姐さん、お酒、飲みます？」

「ブランデー、あるかしら」

「ヘネシーですけど」

「結構ね。それから、今夜だけは綾乃姐さんじゃなくて、スミ子って本名で呼んでくれない？」

わたしは、ヘネシーのボトルとグラスを置きながら、綾乃の顔を見つめた。

「あたしも雪乃じゃなくて、松子って呼んでいいかしら」

「もちろん……いいですけど。でもわたし、学生のころは松ちゃんと呼ばれてましたから」

「あら、それいいわ。じゃあ、あたしはスミちゃんね」

綾乃こと、スミ子が笑う。

わたしは、スミ子と向かい合って、座った。ヘネシーをグラスに注ぎ、掲げ持つ。

「松ちゃんとスミちゃんの、女の友情に乾杯」

スミ子が、陽気な声をあげた。

「女の友情に」

グラスが触れて、涼しげな音色が響く。

スミ子が、グラスを口につけて、流しこむように飲んだ。顔を顰めて、瞬きを繰り返す。

目を丸くして、大きく息を吐いた。

「赤木さん、松ちゃんのところにも来たのね？」

「はい」

「松ちゃん、ここでは、はい、なんてお返事しなくてもいいわ。お尻の穴まで見せ合っている間柄じゃない」

　わたしは吹き出した。

「そう言われればそうだ」

「そうそう。格好つけたって仕方がないもの」

「あや……スミちゃんのところにも、赤木さんが？」

「ええ。いきなり部屋を訪ねてきて、世話になったって。あたし、泣けてきちゃって、部屋に引っ張りこんじゃおうかと思ったわよ」

「でも、赤木さんはあがらなかった」

「そう。融通が利かないというか。こんな商売してるわりに堅物というか。昭和一桁《ひとけた》生まれよねえ」

「そこがいいんだけど」

　スミ子がにこりと笑った。

　しばらく沈黙が続く。

わたしはグラスに何度も口をつけた。

「あたしね」

スミ子が、グラスを見つめながら、口を開く。

「店を辞めようと思う」

わたしは驚かなかった。

「さすがに二十八にもなると、きついのよ。精神的にも、肉体的にも」

「寂しい。綾乃姐さんが……」

「スミちゃん」

「スミちゃんが、いなくなると。辞めて、どうする……の？」

「とりあえず、郷里の仙台に帰るわ。親もまだいるし。あたしがトルコ嬢してるってことは知らないけどね」

口元に、自嘲《じちょう》するような笑みが浮かんだ。

つと目をあげる。

その瞳に、少女のような光が煌めいた。

「あたしね、夢があるの」

「夢？」

わたしは、その言葉の輝きに惹かれるように、身を乗り出した。

「どんな夢？」

「小料理屋を持ちたい。稼ぎは小さいけど、息の長い商売ができるでしょ。あと三十年でも四十年でも、腰が曲がってよぼよぼのお婆さんになっても続けていられたら、素敵だなって思うのよ」

スミ子が、ほんとうに楽しそうに話した。わたしも、心が浮かれてくるようだった。

「いい。そういうの、すごくいい。開店したら知らせて。絶対に行く」

「もちろん、松ちゃんには、いの一番に知らせるわ」

「羨ましい。はっきりとした夢があるなんて」

「松ちゃんは、何か考えてないの？　自分の将来のこと。夢」

「夢……わたしの夢」

わたしは考えた。一所懸命に考えたが、思い浮かばない。笑みをつくった。

「わたしはもう少し、ここで頑張ってみる。それでお金を貯めて……そうだな、結婚して、子供を産んで……平凡だけど」

「結婚して、子供を産んで……いいわね」

スミ子が、しみじみと言う。

「ねえ、松ちゃん、赤木さんが独身なの、知ってた？」

　スミ子が、さりげなく言った。

「そうなの？」

「十五年くらい前に、奥さんを病気で亡くしたらしいわ」

「子供は？」

「いないみたい」

　スミ子が、じっとわたしを見る。

「赤木さん、松ちゃんに惚れてたわよ」

　わたしは笑った。

「まさか」

「もちろん、だからといって、松ちゃんを特別扱いするような人じゃないけど、気にかけていることは、なんとなくわかったわ」

「そうかな……」

「追いかけてみたら？」

「え？」

「赤木さん、まだ博多にいるのよ」

「そうなんですか！」

「でも、いよいよ明日、出発するらしいわ」

「北海道」

「そう。飛行機で東京まで行って、そこから国鉄に乗り換えるみたい。だから、追いかけるなら、明日しかないわよ」

「……追いかけるって、わたしはそんな」

わたしは、なぜスミ子がこんな話をするのか、わからなかった。

「赤木さんを、男として見たことはないの？」

「わたしは……なんていうか、頼りになる兄や父親のような」

言葉に詰まった。自分の口から出た「父親」という響きが、わたしの胸を射抜いていた。

心臓が激しく脈拍ち始める。

「明日の十六時三十分、福岡発東京行き、東亜国内航空三二六便。……あぁあ、やんなっちゃう」

スミ子が、ふてくされたように、わたしを睨む。

わたしは目を剝いた。

「赤木さんが、スミちゃんに？」

「そう。雪乃に伝えてくれって。ほんとはね、きょうはそのことを言いたかったの」

わたしは、言葉が出なかった。

「わかったでしょ。赤木さん、松ちゃんにいっしょに来て欲しいのよ。でも、自分の口からは、最後まで言えなかった。そこで、あたしの出番ってわけ」

戸惑いと腹立たしさが、こみあげてくる。

「赤木さん……ずるい」

「ほんと、ずるいわね。とにかく、伝えたからね、あとは松ちゃんが決めることよ」

「わたし……どうしたら」

「あたしにもわからない。でも一つだけ言えるのはね、この仕事は、いつまでも続けられるものじゃないってこと」

「スミちゃんだったら、どうする？」

「決まってるじゃない。追いかけるわ。首にヒモをくりつけて、絶対に逃がさない」

スミ子が、愉快そうに笑った。

翌日の正午前に目を覚ました。スミ子は朝食もとらずに帰っていった。赤木の話はしなかった。わたしは独りになった。食事をする気にもならず、新聞にも目を通さなかった。ただぼんやりとしながら、自分の気持ちを探った。何も見えなかった。時計の針は、容赦なく回っていく。

午後の三時を過ぎた。福岡空港に行くのなら、ぎりぎりの時間だ。

わたしはシャワーを浴びた。着替えて化粧をし、電話でタクシーを呼ぶ。クラクションを聞いてから、部屋を出た。

エレベーターのランプを見あげながら、赤木の顔を思い浮かべる。マンションを出る。タクシーのドアが開く。乗りこんだ。

「どちらまで?」

運転手が聞いてきた。

わたしは息を吸いこんだ。目を閉じる。

「南新地」

綾乃が控え室に入ってきた。わたしの顔を見るなり、困った子だ、と言いたげに苦笑する。

わたしは立ちあがって、綾乃の前に出た。

「綾乃姐さん、きのうはありがとうございました。すみません」

頭をさげた。

「雪乃が決めたことだものね。あたしにとやかく言う権利はないわ」

綾乃が、慈しむような、哀れむような目をした。時計を見あげる。午後五時をまわっていた。

「いまごろ雲の上の人ね」

さみしそうに呟いた。

一週間後、綾乃が店を辞めた。仙台に帰るという日には、空港まで見送りに行った。見送りに来ていたのは、わたしだけ。いよいよ出発となって、綾乃が涙をこぼした。わたしも泣いてしまった。わたしは綾乃と握手を交わし、手紙を書くという約束をして、別れた。

綾乃に続いて、ほかのトルコ嬢も何人か、辞めていった。店の男の子も一人、顔を見せなくなった。「白夜」ではいつのまにか、わたしが最年長トルコ嬢になっていた。同時に、恒例だったテクニックの勉強会も、開かれなくなった。吉富マネージャーが、

「これからは素人っぽい女の子のほうがうける。小手先のテクニックはいらない」

と宣言したからだ。わたしの常連客も次々と、レイコや新人の若い女の子に奪われた。控え室で暇を持て余す時間が増えてきた。この月の収入は、一年ぶりに百万円を割りこんだ。

「雪乃、おまえ、月にいくら稼いでいる？」

ここ二カ月ほど、毎週のように指名してくる男が、帰り際に言った。歳は三十前後。背が高く、ボクサーのような筋肉質の身体をしていて、野性味を感じさせる。いつも暗い色のシャツに白いジャケットを羽織り、丸めた週刊誌を小脇に挟んで現れた。変態的なサービスを強いることもなく、金払いのいい上客の一人だった。南国系の浅黒い顔はまずまず二枚目で、ときには気の利いた冗談で笑わせてくれる。これで女に不自由するわけがない。いままでのわたしなら、他店の引き抜きだと察して、適当に煙《けむ》に巻いたものだが、この男には、

「百万くらい」

と正直に答えていた。

男が、見送りのため正座しているわたしの前に、腰を落とした。じっとわたしの目を見る。

低い声で、

「雪乃、俺と組まねえか？」

「組む？　引き抜きじゃないの？」

「俺はフリーだ」

「組んで、どうするの？」

「雄琴《おごと》に行こうぜ」

「雄琴って？」

「滋賀県。琵琶湖のそば。ここよりはるかに稼げる。雪乃なら、月二百万は固いぜ」

「あなたは、ヒモになるの？」

「俺は雪乃のマネージャー兼ボディガードだ。雪乃が車に乗るときは俺が運転手をやる。店への送り迎えも、もちろん俺がやる。食事も俺が用意する。店の奴らがおかしなことしたら、俺が黙っちゃいない。雪乃は安心して仕事ができる。金も貯まる」

「どうして、わたしを選んだの？　売れっ子なら、レイコや他の子もいるわ」

男が、わたしの両肩に、優しく触れた。

「あんなのは、若いだけの素人女だ。客に何もかもさせて、自分もセックスを楽しんで、それでいっぱしの仕事をした気でいる。俺はそんなのは大嫌いだ。でも雪乃は違う。雪乃からは、プロ意識というか、客に対する誠意を感じるんだよ。俺はそこに惚れたんだ」

「うまいのね」

「本心だよ」

「どうだか」

そう言いながら、わたしの口元は緩んでいた。

「わかった。考えてみるわ」

「次の休みはいつ？」

「火曜日」

男が、ポケットから紙切れを出した。手書きで、簡単な地図と、「ディーン」という名前、電話番号が記されていた。

「火曜の午後三時、その喫茶店に来てくれ。待ってるぜ」

男が、わたしの頰にキスしてから、出ていった。


わたしは初めて、黒の下着をつけて、鏡の前に立った。肩まで伸びた髪には、縦ロールのウェーブパーマがかかっている。美容師の薦めで試したのだが、黒の下着と相まって、自分でもどきりとするほどセクシーだった。

わたしは満足して、黒いストッキングと黒いマイクロミニスカートを穿いた。トップはロングポイントカラーの白いブラウス。ボタンを四つ外し、ブラジャーがのぞかない程度に胸元を開く。このブラウスは、ウェスト部分が絞ってあるので、胸の膨らみが豊かに見える。折り返した袖口の形が鳥の翼に似ている、いわゆるウィングド・カフも、わたしのお気に入りだった。ブラウスの上には、レーシーニットの黒いカーデガンを羽織った。ボタンは腹部の三つだけ留め、ウェストの細さをさりげなくアピールする。左手首にはルネ・シンドレフ。この純銀製のシンプルな腕時計は、常連客から欧州旅行みやげに貰ったものだ。そして最後に、とっておきのシャネルの紅を、唇に引く。モノトーンの装いの中で、シャネルの紅はひときわ煌めく。気がつくと、鏡の中の赤い唇が、笑みを浮かべていた。

わたしは一つ息を吐き、白のケリーバッグを手にして、立ちあがった。黒革のスリッポンに足を突っこみ、マンションを出る。湿った風が頬を撫でた。空を見あげると、一面の黒灰色だった。

店の外で客に会うことは、禁止されている。店にばれたら、即刻クビになってもおかしくない。しかしわたしは、約束の時間に、喫茶「ディーン」に向かった。タクシーの運転手に地図を見せると、すぐにわかった。

「ディーン」は、煉瓦小屋風のこぢんまりとした店だった。入り口に星条旗が掲げてある。三台分ある駐車場には、赤いクーペが一台、停まっていた。店内に入ると、アメリカのフォークソングが流れていた。

「いらっしゃい」

落ち着いた男の声に迎えられた。カウンターの中で、マスターらしき痩身の男性が、グラスを磨いていた。頭髪も口ひげも真っ白だが、背すじはぴんと伸びて、ダンガリーシャツが様になっている。

客は一人だけだった。カウンターではなく、隅のテーブルに座っている。ポロシャツにチノパンツという、ラフな格好だった。わたしと目が合うと、いつもの笑みを浮かべ、開いていた週刊誌を閉じた。

わたしは、男のテーブルについた。男のコーヒーカップには、まだ口がつけられていないようだった。

「来てくれると信じていたぜ」

わたしは笑みを返した。

店のマスターに、アイスコーヒーを注文した。

わたしは、ケリーバッグから煙草を出した。一本取って口にくわえる。ライターを探していると、目の前にジッポが差し出された。男が、ジッポの蓋をあけて、火を点す。わたしは煙草の先を火につけ、吸いこんだ。男を見つめる。

「ありがとう」

「どういたしまして」

男がシャツのポケットに、ジッポを放りこんだ。楽しそうに、わたしを見る。

「驚いたな。どこかの映画女優かと思ったよ」

「お世辞は結構」

「お世辞じゃない。いつもは服を着ていないから、見違えたんだ」

男が笑った。わたしは思わずマスターに目をやった。マスターは黙々と、手を動かしている。わたしは男を睨みつけた。男が、両手を合わせて、拝むような仕草をする。わたしは、ばか、と呟いた。

アイスコーヒーが運ばれてきた。わたしは煙草をもみ消した。ガムシロップとミルクを全部入れ、ストローで混ぜた。一口飲む。

「あ、おいしい」

「そうだろう。ここのマスターは、ほんとうのプロなんだ。雪乃といっしょさ」

わたしは、ふっと笑った。アイスコーヒーを、もう一口飲む。男が、カップに口をつけた。

「俺は、小《お》野寺《のでら》保《たもつ》だ」

男の名を、口の中で繰り返した。

「わたしは、川尻松子」

「松子か、ちょっと言いにくいな」

「雪乃でいいわ。そのほうがよければ」

「じゃあ、雪乃でいこう」

「わたしはなんて呼んだらいいの？」

「小野寺と呼び捨てにしてくれていい」

「わかったわ。そうする」

小野寺の眉が、ひょいと上がった。

「雪乃は、この商売に入って、どのくらいになる？」

「一年ちょっと」

「けっこう貯めこんでるだろ」

「まあね」

「ちゃんと殖《ふ》やしているか？」

「銀行員の勧めで、定期預金を組んだけど」

小野寺が鼻で嗤う。

「ずいぶんと慎ましいな。俺なら公社債を買うな。あとは株で大きく狙《ねら》う。でもまあ、公社債がいちばん安全で有利だろうな」

「あなた、詳しいの？」

「まあな。金融関係の会社で働いていたことがあるから」

「そう」

「俺に任せてくれたら、二年で倍に殖やしてやるぜ」

「残念だけど、そこまでは考えていないわ」

「でもここに来たってことは、俺と組むってことだろ」

わたしは、口ごもった。

「そうね。そういうことになるわ」

小野寺が、にやりとする。

「損はさせねえよ」

わたしは黙って、小野寺を見つめた。

「どうした？」

「信じていいのね」

「当たり前だ」

小野寺が怒ったような顔をする。

わたしは小野寺と見つめ合った。

小野寺は目を逸らさず、わたしの視線を受けとめてくれた。

「わかった。小野寺を信じる」

小野寺の表情が緩んだ。

「そうと決まれば、まずは挨拶を交わそうじゃねえか」

小野寺が、レシートをつまんで、立ちあがった。わたしを見おろし、優しく微笑む。

「な」

「そうね」

店を出て、赤いクーペの助手席に座った。小野寺が、見事なハンドル捌きで、車を出す。加速すると、身体が座席に押しつけられた。小野寺の横顔を見ながら、これからこの車に乗ることが多くなるのだろうな、と思った。

「降ってきやがった」

フロントガラスに、雨粒が付いていた。見る間に、それが増えていく。大きくなる。ワイパーが動きだす。

「こりゃ土砂降りだな」

わたしは、ワイパーの規則正しい音と、タイヤの水しぶきを聞きながら、車窓の外をぼんやりと眺めた。

見たこともない街並み。いまどこを走っているのか、見当もつかない。

座席に身体を任せているうちに、ふっと意識が遠のく。夢と現《うつつ》の境を漂いはじめた瞬間、脳裏に青白い顔が過ぎった。冷たい夜、雨粒に打たれている……。

「どうした？」

小野寺の声。

「なに？」

「いま、声をあげたじゃねえか。いや、って」

「……なんでもない。眠っちゃったみたい」

「悪い夢でも見たか」

「そんなところ」

「気にかかることがあるなら、何でも言いな。これから俺たちは、パートナーなんだから」

「雨が悪いのよ」

「あめ？」

「雨には、いい思い出がないから」

「そうか」

「…………」

「これから、いい思い出をつくればいい」

しばらく走った後、小野寺がハンドルを切った。車はラブホテルに入っていた。

四面総鏡張りの部屋に入ると、いきなりキスをされた。きつく抱きしめられ、耳元で、愛している、と囁かれた。わたしは、ほんとうに、と聞き返した。小野寺が、ほんとうだ、愛してる、と言いながら、わたしの衣服を剝ぎ取った。わたしは、されるがままになった。小野寺の愛撫を受けながら、男に抱かれるのは久しぶりだと感じた。おかしなものだ。千人以上の男にセックスを提供してきたにも拘わらず、小野寺とも何回も肌を合わせているにも拘わらず、抱かれているという感覚はなかったのだ。あれはあくまで仕事。その証拠に、一仕事を終えた充実感を味わうことはあっても、性的な快感を得たことはなかった。しかしいまは、小野寺に組み敷かれただけで、痺《しび》れるほどの高揚を感じている。

小野寺のセックスは、荒々しかった。わたしは、上になったり下になったり、ひっくり返されたりしながら、責め続けられた。本気で死ぬと思うほど、何度も絶頂を迎えた。

小野寺が射精を終えてシャワーに向かったとき、わたしはベッドで大の字に伸びていた。意識は朦朧とし、全身の骨が溶けてしまったようだった。

シャワーから戻った小野寺が、身支度を始めた。

「一週間後に出発する。用意しとけよ」

小野寺が言った。

「いつまで寝てるんだ。はやくシャワーを浴びてこい」

わたしは、よろめきながら、小野寺の言葉に従った。


九州を去る日を前に、わたしは一人、国鉄長崎本線を下った。佐賀駅で下車し、駅前で夕

クシーを拾い、

「大野島まで」

と行き先を告げた。

車窓の光景が、建物の並ぶ市街地から、田畑の広がる郊外に、変わっていく。二年前にはなかったはずの建物が、そこかしこに見える。道路も整備されてきている。やがて車は左折し、早津江橋にさしかかった。早津江川にかかるこの橋を越えると、そこはもう大野島だ。

「橋は出来たのかしら」

わたしは、タクシーの運転手に尋ねた。

「橋ですか？」

「ほら、筑後川に架かる、ずいぶん前から造っているやつがあるでしょ。大野島と福岡県本土を結ぶやつ」

「ああ、新田《しんでん》大橋ね。橋梁工事はかなり進んでいるけど、完成は来年の春になるそうですよ」

「じゃあ、筑後川を渡るには、いまでも船を使っているのね」

「お客さん、大野島の人なの？」

「ええ。帰るのは二年ぶりだけどね」

「やっぱり変わりましたか？　このあたりも」

「そうね。信号が増えた気がする。次の交差点を右折してちょうだい」

運転手が、対向車をやり過ごしてから、右折した。車二台がやっとすれ違える路地を進む。

車は、わたしが家を飛び出したときの道を、逆に辿っていた。あのときは自転車で、一時間かけて佐賀駅まで走ったのだ。はるか昔の出来事。

見覚えのある、赤い屋根瓦が見えてきた。わたしは、ケリーバッグからサングラスを出して、かけた。

「そこの二階建ての前で停めて」

車が停車した。

「すぐに戻るから待ってて」

ケリーバッグを手にして、車を降りた。家の前に立ち、見あげる。二年ぶりの我が家。木造二階建ての、年季の入った家。

黒い鳥が二羽、交差するように飛んできた。屋根から出ている電線に留まる。尾羽根が長く、肩と腹が白い。カササギだ。子供のころから見慣れた鳥だが、そういえば博多では、見たことがなかった。

家の軒先には、自転車がなかった。母は出かけているらしい。玄関に立つ。戸を引く。開いた。懐かしい匂い。サングラスを外した。床の黒ずみ、柱の傷。何も変わっていない。

靴を脱いで、あがった。無意識のうちに足が、仏壇のある部屋に向かった。

仏壇の前に立つ。祖父母の写真とともに、父の写真が飾ってあった。父の写真を手にする。

「ほんとに、死んじゃったんだ」

父の顔を目に焼き付け、写真を戻した。

仏壇横の床の間に、ボール紙製の箱を見つけた。くすんだ緑色の蓋には、お茶の銘柄が印字されているようだが、文字が剝げて読みとれない。しゃがみこみ、箱を引き寄せた。ずっしりと重い。蓋を開けると、大学ノートが詰まっていた。いちばん上のノートの表紙には、『昭和四十六年』と、万年筆で書かれてあった。父の字だ。その下のノートには『昭和四十五年』とある。『昭和四十六年』のノートを開いた。日記だった。父が日記をつけていたとは、想像もしていなかった。

わたしは、最後の記述を探した。昭和四十六年八月二十七日だった。

『朝から気分がすぐれない。食欲なし。夏ばてか。

松子からの連絡なし』

前日にも、その前日にも、記述の最後には必ず、

『松子からの連絡なし』

の一行があった。

さらに日付を遡《さかのぼ》った。ページをめくる手が、震えてくる。わたしが家を出た日。父は何と書き留めたのだろうか。

「誰?」

反射的に日記を閉じた。振り向くと、前掛け姿の若い女が立っていた。手の買い物かごから、大根が頭を出している。髪には鼈甲《べっこう》のヘアバンド。浅黒い瓜実顔《うりざねがお》に、あどけなさの残る目鼻。決して美人ではない。しかし唇は固く結ばれ、目には凛《りん》とした厳しさがあった。

「なんですか、あなた。勝手に人の家に……」

女性が息を呑んだ。

「まさか……あなた、松子さん?」

わたしは日記を箱に戻した。立ちあがる。サングラスをかけ、髪を後ろに払った。

「心配しないで。厄介者になるために戻ってきたわけじゃないわ」

「あの……はじめまして、私は紀夫さんの……」

「そんなことは聞きたくない」

わたしは、ケリーバッグから封筒を取り、女性に差し出した。

「紀夫に返しておいて。ちゃんと利子もつけておいたからって」

女性が買い物かごを下に置き、わたしの顔と封筒を交互に見ながら、受け取った。

「見ていいわよ」

女性が、中身を見る。目を丸くした。

「こんなに……」

「気にしないで。いまのわたしにとって、端金《はしたがね》なの」

「お義姉《ねえ》さん、いったい何を……」

「お義姉さんなんて呼んでくれなくて結構。とにかく渡しておいてね」

女性が両手で、封筒を突き返した。

「これは受け取れません」

わたしは鼻で嗤った。

「あなた、なに言ってるの？　これは紀夫に返すお金なの。あなたには関係ないわ」

「関係あります。私はあの人の妻です。主人から何も聞いていない以上、こんな大金を勝手に受け取ることはできません」

「あなた、生意気よ！」

わたしは、封筒を叩き落とした。手を振りあげた。

女性の顔が怯《ひる》む。しかし次の瞬間、目を見開き、拳を握り、顔を突き出してきた。

「殴りたいのなら殴ってください。でもこのお金だけは、お義姉さんの手で直接、あの人に渡してあげてください！」

わたしは、女性の頬を張った。

女性が短く悲鳴をあげて、打たれた頬に手をあてた。わたしを見る目に、怒りが漲る。

わたしは、右手を握りしめた。もう一度振りあげた。

そのときだ。乱れた足音が、階段を転がり落ちてきた。部屋に飛びこんでくる。わたしの目の前に立つ。

わたしの身体が、金縛りにあったように、硬直した。

「久美……」

「やっぱり、そうだ」

久美は口を開け、苦しげに息をしていた。青白い丸顔が、醜く浮腫《むく》んでいた。しかし母譲りの目は、相変わらず美しい。その目が、わたしを見つめている。涙が溜まっていく。ぼろぼろと頬に零れる。

「姉ちゃん……やっと……」

泣きだす寸前の幼子のように、顔をくしゃくしゃにした。両手をあげ、何かを叫びながら、わたしの首に抱きついてきた。

「やったあ、姉ちゃんが戻ってきたあ、姉ちゃんが戻ってきたあ！」

久美の匂い。幼いころから慣れ親しんだ、久美の匂い。

「姉ちゃん、姉ちゃんが、戻ってきたあっ！」

久美の叫び声が、脳髄を抉《えぐ》った。

わたしは悲鳴をあげて、久美を突き飛ばした。久美が床を転がった。

「久美ちゃん！」

女性が久美に駆けよった。久美を抱き起こした。

「なにするんですか！　久美ちゃんは病人なのに！」

女性が金切り声で叫んだ。

久美は、泣いているのか笑っているのかわからない顔で、姉ちゃんが戻ってきたあ、と喚き続けている。

わたしは、自分が何をしているのか、わからなくなった。ただ、恐ろしい、と感じた。何が恐ろしいのか、なぜ恐ろしいのか、わからない。しかし震えが、脚から背中に這いあがってきて、気が狂いそうだった。

わたしは駆けた。慌ただしく靴を履き、前のめりになりながら、家を出た。背後から、泣き叫ぶ久美の声。姉ちゃん、姉ちゃん。お義姉さん、松子さん、行っちゃだめ、戻ってきて、姉ちゃん、姉ちゃん……。

わたしは、耳を手で押さえ、走った。待たせてあったタクシーに乗りこんだ。

「出して、早く!」

「どちらに?」

「いいから、出して!」

車が動きだす。

後ろを振り返った。サングラスを外した。

女性と久美が、家の外に出てきた。二人とも裸足だった。女性はじっとこちらを見ている。久美を後ろから、抱きしめている。久美は大きな口を開けて、泣き叫んでいる。その姿が、だんだんと小さくなる。遠のいていく。

もう二度と、ここには、帰らない。

帰る理由も、帰る場所も、ない。

(下巻につづく)

この作品は二〇〇四年八月幻冬舎文庫に所収されたものです。

［新装版《しんそうばん》］嫌《きら》われ松子《まつこ》の一生《いっしょう》（上）

山田宗樹《やまだむねき》

令和5年7月10日　初版発行

発行人――石原正康
編集人――高部真人
発行所――株式会社幻冬舎
〒151-0051東京都渋谷区千駄ヶ谷4-9-7
電話　03(5411)6222(営業)
　　　03(5411)6211(編集)
公式HP　https://www.gentosha.co.jp/
印刷・製本―図書印刷株式会社
装丁者――高橋雅之

検印廃止
万一、落丁乱丁のある場合は送料小社負担で
お取替致します。小社宛にお送り下さい。

幻冬舎文庫

ISBN978-4-344-43307-6　C0193　や-15-14